庫JA
〉

ロケットガール3

私と月につきあって

野尻抱介

早川書房

7356

目次

私と月につきあって

第一章　キャプテンはあたしだ

ACT・1

　エールフランスのエアバスA340に三人の女子高生が乗っていた。飛行機は南米のフランス領ギアナに向かっている。あと三時間でカイエンヌ空港に到着するところだった。

　正確には、二人は元女子高生で、もう一人は一度も女子高生になったことがない。

　しかし年齢的・外見的・特性的には、三人は女子高生に充分近似していた。数奇な運命に翻弄されていまの職についていなければ、十六歳の青春を謳歌していたはずだ。

　この二時間、三人は横一列に並んだ席で大貧民をしていた。いまはそれにも飽きて、しばらく黙り込み、目的地に思いを馳せていた。

　純粋な日本人で、元女子高生で、横浜育ちの森田《もりた》ゆかりが言った。

「最初が肝心だからね。なめられたらおしまいだよ。連中に会ったら――」

指を折りながら言う。

「その一。決して笑顔を見せない」

「その二。決してフランス語を使わない」

「その三。決して……茜《あかね》、なにぱくぱくやってる」

三浦《みうら》茜は本を片手に、窓に向かって静かに発音練習していた。

「エーメ・ヴー・ルッキャッフェ？……ね、らしいかな？　どう？」

「そんな敵性語おぼえなくていい」

「でも、挨拶くらいはできたほうがいいと思うし」

「共同ミッションは全部英語でやるって契約なんだ。下手にフランス語なんて使ったら相手がいい気になるだけだよ」

「そんな、むきにならなくても。絶対喧嘩しちゃだめってさつきさんに言われてるし」

「そんなの現場の判断よ」

たしかにゆかりは、むきになっていた。

まずこの日仏共同ミッションというのが気に食わない。おいしいところはすべてフランスが持っていく。日本側はフランス人の発進準備を手伝うだけで、まるで下僕みたいな扱いなのだ。

ここまでの旅も最悪だった。

三人はフランス本国、ツールーズの施設で四週間の基礎訓練を受けた。お目付役の旭川《あさひかわ》さつきはパリに残ったので気楽な空の旅になるはずだったが、出発はエールフランスのストライキで三日遅れた。

フランスにいる間は、一度たりとも愛想のいい顔に出会わなかった。エールフランスの窓口にかけあっても「スト中です」の一言ですべて拒絶してくる。客を困らせるためにストをしているのだから、大いに困ってくれと言わんばかりだった。

「ギアナじゃ人間扱いされたいわ。食い物もなんとかなるといいんだけど」

「ほい、フレンチフードは気持ち悪かったねえ」

日系メラネシアンのマツリが言った。

「どれもつぶれた脳みそみたいだったよ」

「それを言うな」

「焼き栗はおいしかったわ」茜が言った。「あの屋台も風情があったし」

「でも笑顔がなかった」

ゆかりは口をとがらせた。

「客をなんだと思ってんの。仏頂面《ぶっちょうづら》で袋つきだすなんて、こっちは一生懸命フランス語で注文したのにさ」

三人があふれるような笑顔に出会ったのはその直後だった。

ミセス・バーネットは背後から聞こえてくる小鳥のさえずるような声が気になっていた。トイレから戻ったとき、なにげなく後ろをうかがうと、三人の東洋人の少女が座っていた。

まあ、なんてかわいい子たちだろう！

ミセス・バーネットは遠慮を忘れて三人に見入った。三人もこちらを向いた。

大きな黒い瞳につややかな黒髪。溶かしたチーズのような肌。

通路側の席で口をとがらせているのは、髪をふたつにまとめた、ちょっと生意気そうな娘。真ん中にいるのは小麦色の肌をした、モームの南洋ものの小説にでてきそうな肉感的な娘。窓際にいる子はショートカットで、とても思慮深い眼差しでこちらを見ている。

三人ともとても小柄で、シートはたっぷり余っていた。

ミセス・バーネットの脳裏に、グラビア記事で見た記憶が電光のようによみがえった。

「んまーっ、あなたたち、ソロモン宇宙局のちっちゃな天使さんたちねっ！」

まじまじとこちらを見つめていた婦人が、突然顔をくちゃくちゃにゆるめて大声を発したので、ゆかりは思わず身を引いた。

「あなたたち、ユッカーリ、マツゥリ、それからアカーネね!?　そうでしょう！」

そのアメリカ英語を聞くまでもなく、国籍は明らかだった。この仕事についてから各国の人間と会ってきたが、これほど愛想のいい国民はアメリカ人をおいてほかにない。

「あー、ソロモン宇宙協会ですけど」

ゆかりは訂正した。

「んまーっ、英語がお上手なのねえ！　三人とも生きたお人形みたいだわ。素敵な旅になりそうね。私はミセス・バーネット。ギアナ宇宙センターへ行くのね？　私もそうなの。娘がアエロスパシアルのエンジニアと結婚してそこに住んでてね。私はフランス男なんてと思ったけど娘はもうぞっこんで。あなたたちもフランス男には気をつけないとだめよ。女癖は悪いし約束はルーズだし煙草は吸うし。ああそうそう、いいアイデアがあるわ——」

ミセス・バーネットは天井からハンドバッグをひっぱり出し、ペンと手帳を取り出した。

「サインしてくださらない？　お願い、一生の思い出になるわ。三人とも、ねえ？」

やれやれと思いながら、ゆかりはサインにとりかかった。

「えーと、バーネットのスペルは」

「まあごていねいに。うれしいわ。BURNETTよ。Tはふたつね」

手帳を隣りのマツリにまわす。

そのとき、ミセス・バーネットは「おうっ」と声をあげて前方をふりかえった。

通路をせきとめていた婦人の尻を、キャビン《C》アテンダント《A》が機内食のワゴンで押したのだった。

ミセス・バーネットは大仰《おおぎょう》に肩をすくめると、自分の席に戻った。

マツリが言った。

「ゆかり、この飛行機は呪われているよ」

「うそ」

ゆかりは真顔になった。

「タリホ族うそつかない」

いまの仕事につくまで、マツリは部族のシャーマンをしていたので、ときどきこういうことを口走る。

ゆかりはそれを無視できなかった。タリホ族の精神文化はなにやら奥が深いのだ。

「どう呪われるの」

「魚の呪いだよ。海に墜ちてみんな魚の餌になるよ」

「どうすればリカバーできる？」

「それはね」

「フィッシュ・オア・ミート？」

ＣＡがチョイスを求めた。

「ほい、ミート」

マツリが答えた。

「ミート」

ゆかりが答えた。

「ミート、トゥ」

茜が答えた。

「これでいいね」

マツリはうれしそうにトレイを眺めた。

「どういうこと？」

「大丈夫、これでいい」

マツリはにこにこ笑うだけだった。

三人そろって肉を選んだのは、半日前にパリの空港で死ぬほどまずいブイヤベースを食べたからだった。運が悪かっただけかもしれないが、三人はもう二度とフランス人の魚料理は食わないと心に誓ったものだった。

トレイの中央には、ヒレステーキらしきものが鎮座していた。

白いソースの容器がついているが、これをぶちまけるのは危険な気がした。

ゆかりは塩だけをふりかけた。——と思ったらそれは砂糖だった。

これがフランスだ。塩のあるべきところに砂糖がある。運が悪かっただけかもしれないが、ゆかりのフランス嫌いは着実にエスカレートしてゆく。

砂糖をはたき落として肉をぱくつき、パンをコーヒーで飲み流す。メロンは一口かじってやめた。ここにもシロップがかかっていた。

まずい食事で腹がくちると、ゆかりはしばらくうとうとした。

重苦しい夢を見た。冷えきった暗闇のなかで体がぐるぐる回り続ける。つかまるところがない。腕を振って縮めてを繰り返しても、回転が止まらない。

それから機内の騒ぎで目がさめた。

もう着陸かなと思ったが、ちがった。

前方のトイレに行列ができていて、最後尾は真横の通路まで達していた。皆、一様に顔をゆがめ、脂汗をうかべている。こらえきれずにブルーバッグを使う者もいた。

「……どしたの？」

「みんな急にこうなって。まさか、急性食中毒かしら？」

「大西洋のどまんなかで食中毒？　それってやばいんじゃ」

機内はいよいよ騒然としてきた。

きみはどっちを食べた？

肉だ。

俺も肉だ。

彼は魚だ。

おかしいのは魚のほうだ——そんな声がとびかう。

「魚の呪いってこれ？」

「ほい」

「今回はわかりやすいな」

ＣＡが隔壁の前に立って、青ざめた顔でアナウンスを始めた。まずフランス語、それから英語でくりかえして、内容がわかった。

『機内で食中毒が発生した模様です。当機はあと二時間でカイエンヌに到着いたしますが、それまでの間、お客様の手当てをしてくださる方を募ります。ドクターかナース、医療経験のある方はご協力ねがいます』

数人が名乗り出て、ＣＡのもとに進んだ。

三人は顔を見合わせた。三人とも応急処置の訓練はひととおり受けているのだが——

「どうしよ？」

「ほい？」

「でも食中毒の処置なんて知らないし……」茜が言った。「気道確保くらいならできるけど、必要かどうか……」

通路は混雑している。下手に動くとかえって邪魔になりそうな気もした。

その時、ＣＡが一段と青ざめた顔でアナウンスを始めた。

『あー、ええ、本機は順調に飛行しておりますが、実は副操縦士も魚を食べて体調を壊しております。もちろん飛行に支障はありませんが、もし航空機の操縦経験をお持ちの方がいましたら名乗り出てくださるよう、お願いします。……いらっしゃいませんか？　どうか協力を……』

機長は無事なのか、という声があがる。

『ええ、ええ、飛行に支障はありませんとも。ですが……できれば操縦は二人でしたほうがいいのでして……』

名乗り出る者はいなかった。ただ不安げに顔を見合わせるばかり。

『あああのっ、操縦経験のある方はいらっしゃいませんか!?　お願い、どうか……』

ＣＡはいまにもゲシュタルト崩壊しそうな顔で繰り返す。どうもただごとではない雰囲気だ。それは乗客にも伝染した。低いどよめきがひろがってゆく。

三人はまた顔を見合わせたが、飛行機の操縦となると論外だった。とても役に立てそうにない。

ところが、肉を選んで無事だったミセス・バーネットが立ち上がり、両手をメガホンにして吠えたのだった。

「ここに宇宙飛行士がいるわよっ！　それも三人！」

おおっ！

乗客がどよめき、ＣＡの瞳に希望の光がともる。

ミセス・バーネットはこちらを向くと、さあとばかりにゆかりたちの手を引いた。

「ち、ちょっと待って。私たちは宇宙飛行士で……」

「そうよ、いまいちばん若くて優秀な宇宙飛行士だわ！　ああ私たち、なんてラッキーなんでしょう！　こんな飛行機より何十倍も速く飛ぶのよね！　もうパイロットの中のパイロットだわ！　さあ、操縦席の殿方を手伝ってあげて」

それから婦人はまわりにむかって、まるで司会者のように叫んだ。

「みなさんに紹介します！　ニッポンの天才少女宇宙飛行士――森田ゆかり、森田マツリ、三浦茜！」

おおーっ!!

「ちょっとおばさん、だから私たちはぁ……」

抗議の声は万雷の拍手にかき消されてしまった。

ＣＡが人ごみを蹴散らしながらやってきた。

「どうかこちらへっ！　あなたも！　あなたも！　さあ早く！」

「三人とも？」

「いいから早く！　コクピットへ！」

地獄で仏、藁《わら》をもすがる形相でＣＡは三人を席から引きずり出し、通路を先導した。さらに乗客の歓声が大波となって三人を押し流した。

もう、どうすることもできなかった。

ACT・2

ミセス・バーネットが言ったことは本当だった。三人はＳＳＡ――ソロモン宇宙協会に所属する宇宙飛行士である。ＳＳＡは日本政府が百パーセント出資してソロモン諸島に設立した組織で、世界にさきがけて少女宇宙飛行士を採用して商業的成功をおさめた。

この成功は国際的に波及し、ＳＳＡに続いてフランスのアリアン社が有人宇宙ビジネスに乗り出した。飛行士はアリアン・ガールズと呼ばれる五人組の美少女で、ＥＵ諸国を中心にめきめき売り出し中だった。

ゆかりたちがこの飛行機に乗ったのも、アリアン・ガールズとの共同ミッションのためだった。もちろん、無事に到着すればの話だが――。

どたばたとコクピットに押し込まれた三人は、そこで凝固した。

フル・リクライニングさせたシートに、二人の男が伸びている。

エアバスはツーマン・クルーだから、この二人が操縦士のすべてだった。

眠っているのではない。二人とも顔面に脂汗をうかべて昏倒している。

「……どーゆーこと、これは？」

バタンと扉を閉めて、ＣＡが言った。

「機長も副操縦士も魚を食べたの」

「同じものを食べるのって規則違反じゃ……」

「二人とも舌平目のムニエルが食べたかったのよ！」

ＣＡは泣き顔になって叫んだ。

「さあ、操縦を替わって。この飛行機をカイエンヌ空港に降ろしてちょうだい！」

「んなこと言ったって、私たち宇宙船以外じゃスクーターも運転できないし」

「宇宙船ができるんだったら飛行機なんか簡単でしょう！」

「そうかな？」

「他にいないのよ。お願いだからなんとかしてぇ！」

ＣＡはいよいよヒステリックに叫んだ。

三人の宇宙飛行士は顔を見合わせた。

「……とにかく無線で空港に連絡してみたら」

茜が言った。

「新しい飛行機だから、全自動で着陸できるかも」

「あ、そーゆー手があると」

それくらいならやれそうだ。無線で問い合わせていくつかボタンを押すだけなら。

「やってくれるのね⁉ お願い、さあ‼」

化粧の崩壊した顔でCAはたたみかける。

「……やってみよか」

四人は力を合わせて、二人の男を隣りのギャレイに移した。

ゆかりは左側の機長席に座った。右の副操縦士席にマツリ。二人の間に茜が立つ。

三人乗りのオービターではいつもこの配置だ。

「わおー。飛行機は広くていいねえ」

マツリがにこにこしながら言った。SSAのオービターはぎりぎりまでコンパクトに設計されているし、十Gという大加速に耐えるため、緩衝席も体にあわせて成形してある。このエアバスのシートは広くて、上でころころ転がってしまいそうな感じだ。

「雲の海だよ。きれいだねえ」

マツリは腰を上げて計器盤にもたれかかり、前面風防に顔を近づけて言った。

たしかに前方視界がいいのは驚きだった。オービターだと頭のすぐ上に前傾した天窓があるだけで、正面を詳しく見るときはペリスコープを使う。

「エアバスのインパネってアースカラーなんだ。わりとオシャレじゃん」

ゆかりものどかな感想をもらした。

ブラウン系統のカラーリングで統一された計器盤に六つのCRTがある。

左の肘掛けの先に操縦桿。オービターと同じ配置だ。ちょっと触ってみると、ロール操作、ピッチ操作が入力できる。だが、奇妙なことにヘディング操作の軸がない。これでは機体を左右に回転できないではないか。

「ヘディングはどうやるのかな？」

「床にペダルがあるわ」

茜が言った。

「どれどれ」

足元を覗き込むと、床からペダルが生えている。

「器用だなー。飛行機の人って足も使うんだ」

ゆかりはつまさきでペダルをつつきながら言った。

「これで機首を後ろに向ける。で、エンジンに点火すれば軌道離脱して降下するんだ」

「ゆかり、飛行機は後ろ向きには飛ばないと思うけど……」

茜が慎重に言った。

「そういやそうか。こいつ最初っから最後まで大気圏に突入しっぱなしだもんね」

ゆかりは考えを改めた。

「じゃあ前を向いたまま、逆噴射エンジンに点火するんだな」

パイロットが聞いたら卒倒するようなことを言う。

ゆかりにとって飛行とは自由落下であり、操縦とはエンジンに燃料を送るバルブ操作だった。

飛行機は揚力と重力、推力と抗力をバランスさせて飛行するのだが、宇宙船はそれよりずっとシンプルだ。ある向きに推力を加えて自由落下するだけ。軌道を周回するのも、地球の引力と違う向きに自由落下しているにすぎない。

ゆかりは計器盤に掛かった、マニュアルのようなものをみつけた。

「手順書ってこれ？　よくわかんないけど……再突入シーケンスどおりに姿勢とタイミングあわせて逆噴射すれば高度が落ちて、勝手に滑走路にのっかるんだよね」

ゆかりが合点《がてん》した様子を見て、ＣＡが言った。

「ねっ、ねえ、大丈夫？　できるんだよね？　ね？」

「あー、オーライオーライ、なんとかなると思うよ。ボタン押すだけなら」

「じゃあここはまかせるから。私、パッセンジャーの面倒をみないと」

「いってらー」

CAが出ていくと、ゆかりは日本語に戻って言った。

「開傘《かいさん》高度はどんなもんかな？」

「普通、飛行機はパラシュートで着陸しないんじゃ」

「そうだっけ」

たしかに、空港で見かける飛行機はそんなことはしてなかったような気がする。ゆかりは飛行機を見る時、塗装にしか注意を払わない。

「とにかく、無線機をみつけないと」

「おーそれそれ」

「これかしら」

茜が二つのシートの間、センター・ペデスタルの一角を指した。無線の周波数らしき数字をセットした装置がある。

「電源、入れてみようか」

「やってやって」

ゆかりはヘッドセットをはめ、シートベルトを締め、操縦桿のトークボタンを押した。

「ハロー、こちらSSA……じゃない、エールフランスのエアバス。カイエンヌ追跡ステーション、オーディオチェック、ハウドゥユリー？」

「ゆかり、追跡ステーションじゃなくて空港」

「そうか。あー、カイエンヌ空港、オーディオチェック。こちらエアバス。パリ発のエアバス、ハウドゥユリー？」

『こちらカイエンヌ。あー……エアバス、そちらはエアフランス三〇七か？』

「えっと……」

「そう、三〇七便」

「カイエンヌ、そのとおり、こちらエアフランス三〇七。こちらでちょっと問題が起きた。エマージェンシー・プロシージャに入りたいんだけど」

『エアフランス三〇七、それは緊急事態宣言か？』

「カイエンヌ、そのとおり」

『了解、エアフランス三〇七。状況を報告せよ』

「機内で食中毒が起きて、パイロットも二人とも倒れて。それで乗客の私たちが操縦することになっちゃって」

『なんだって……エアフランス三〇七、君たちは航空機の操縦経験があるのか』

「宇宙船なら――えっとつまり私はソロモン宇宙協会の宇宙飛行士、森田ゆかりで、そばに森田マツリと三浦茜がいるんだけど」

『なんだって！　わおぅ、こりゃすごい！　君たちなら安心だ。四発機の操縦経験もあるのかね!?』

「だから飛行機のことは全然知らないの。どうすればいい？　エアバスってこのままほっといても着陸するの？」

『いや、こちらの航行援助システムはカテゴリー2だからタッチダウンは手動でやるしかない。たぶん空港上空までは自動で来るはずだが……君たちは小型機の操縦はできるのか。単発機は？』

「だからできないんだってば。飛行機のコクピットに入るなんて今日が生まれて初めてなんだから」

『なんてこった……どうすればいい』

「こっちに聞かれても！　カイエンヌ空港、もしもし？　なんとかして！」

　長く待たされたような気がした。

『エアフランス三〇七、こちらカイエンヌ。いまエアバスのパイロットを探している。そのまま待機していてくれ』

　十分ほど待ったが連絡がない。ゆかりはだんだん不安になってきた。音速以下なんて、宇宙飛行なら終了間際のことで、もうパラシュートを開いて風まかせに漂っているところだ。そのせいでなんとなく楽観していたが、この速度でも地面に激突すればえらいことになるだろう。しかも訓練を受けていない乗客をうじゃうじゃ乗せているのだ。

ゆかりはしびれを切らした。

「おいっ！　カイエンヌ！　こちらエアフランスなんとか。どうなってんの⁉　なんとか言いなさいよっ！」

『エアフランス三〇七、すまないがもう少し待ってくれ』

「もう少しもう少しって、こっちはあとどれだけ飛んでられるのよ⁉」

『空港到着まで四十分ほどだ。フライトプランによると、三十分ぶんの余剰燃料があるはずだ』

さらに二十分ほどして。

『エアフランス三〇七、こちらカイエンヌ。空港内とカイエンヌ市内、それからエアライン各社にも問い合わせたが、エアバスのパイロットがみつからない。いちばん近いのはアメリカン航空のスリナム行きだが、到着まで一時間五十五分かかる』

「なによ、全然だめじゃん！　どうすんのさ」

『そのかわり訓練中のジェット戦闘機をそちらに向かわせた。並んで飛んで、針路や飛行姿勢の指示を出させる。安心してくれ、きっとうまくいく』

そのジェット機は三機編隊で現れた。右舷前方でキラリと光って翼をひるがえし、六時方向に消える。それから派手なバレルロールをして左前方に現れ、きれいなV字編隊を組んでみせた。アイボリーの地に赤いストライプを描いた、民間機のような塗装だ。しかし鋭いデルタ翼を持っており、戦闘機であることはゆかりにもわかった。

「あれは二人乗り？　フランス空軍かしら」

「さあ……」

『エアフランス三〇七、こちらシムーン・アン。そちらの前方にいる。これよりカイエンヌまでエスコートする』

大人びた、女の声だった。英語だがフランス訛《なま》りがある。シムーン・アンはコードネームらしい。

「シムーン・アン、了解。エアバスの操縦わかるの？」

『飛ばしたことはないけど、ハンガーからフライトオペレーション・マニュアルを持ってきたから』

「マ、マニュアルと首っ引きでやろうっての？」

『やるしかないわ。A340には最も進んだFCCが搭載されてる。空港までは自分で飛んでくれるし、誤った操縦をすればコンピュータがプロテクトする。エアバスは墜落したくてもできない飛行機よ』

「でもさ、そのわりにエアバスってぽろぽろ墜ちてない？」

『それは操作を誤ったからよ』

「誤った操縦はよくて誤った操作はだめなわけ?」

『とにかく、あなたは言われたとおりにやればいいの!』

「やるけど」

なんだこいつ。

ゆかりは口をとがらせる。だいたいなんで女がジェット戦闘機飛ばしてるんだ?――という疑問が一瞬脳裏をかすめたが、ゆかりにはそれ以上考える余裕がなかった。

シムーン・アンは次々と指示を出してくる。

『次、FMSの設定を確認する。モードをコンファームにして表示を読み上げて』

「FMSってどこ?」

『わからないけど、電卓みたいな装置よ』

相手もよく知らないのだ。どうやらチェックリストを見ているらしい。

「FMSっての探して。電卓みたいなやつ」

三人がかりで計器盤を調べる。

「ほい、FMS……FMS……」

「電卓みたいな――ってこれかしら」

茜が計器のひとつをさした。

「それだ。シムーン・アン、FMS見つけた。モードをどうするって？」

『コンファームよ、コンファーム』

　フランス訛りが繰り返す。

「茜、コンファームって画面出る？」

「いま調べる」

　キートップにそんな文字はない。茜はセンター・ペデスタルの前にひざまずき、三つあるFMSのひとつに向き合った。

「そうか、これってメニュースイッチなんだ」

　茜は愛用の電卓と操作が似ているのに気づいて、急に要領をのみこんだようだった。画面を縁取るように並んだスイッチを次々に押してゆく。

　FMSはフライト・マネジメント・システム。あらかじめ飛行ルートを設定し、そのとおりに自動操縦する。方位と高度を維持するだけの従来のオートパイロットより遙かに進んだシステムだという。

「終わって、戻って、戻って——出た。コンファーム・モード」

「やりっ。シムーン・アン、読むよ。ウェイポイントってのが並んでて、上から——」

　さながら解体新書の翻訳に悪戦苦闘する杉田玄白だった。苦労して表示内容をつきあわせる。それが終わった頃——

「陸が見えるねえ」

マツリが言った。

「おまいは、のんびり外見てたかっ！」

と言いつつ、ゆかりも久しぶりに外を見た。飛行機の操縦で外を見るのは当然といえば当然なのだが。

紺碧《こんぺき》の海の彼方、水平線に緑の筋が横たわっていた。あれが南米大陸か。

『そろそろカイエンヌへの降下が始まる頃よ』

シムーン・アンが告げた。

『降下は途中で打ち切って、操縦訓練をするわ。オートパイロットを解除して』

ゆかりは指示されたとおりベルト着用サインを出し、オートパイロットを解除した。

左手で操縦桿を握る。

「オッケー。準備できた」

『まずローリングから。操縦桿を左右に軽く押してみて』

「どれ……ん？」

反応がない。かすかに機体が揺れたような気はしたが。

「反応しないけど」

『もう一度。もうすこし大きく操作して』

「ん……ちょっと揺れたかな？」

『もしかしてあなた、操縦桿叩いてすぐ戻してない？』

「もちろんそうよ」

『それは宇宙船のやりかたでしょ！　飛行機は倒しっぱなしにするの！』

「そんなの、ゆってくんなきゃわかんないって！」

　しかし相手はなぜそんなことを知ってるんだ？——という疑問が一瞬脳裏をかすめたが、ゆかりにはそれ以上考える余裕がなかった。

『宇宙飛行士なら飛行機との違いぐらい知ってるでしょ！』

「宇宙飛行士が飛行機やる必要なんてないじゃん！」

『いいからとにかく倒しっぱなしでやりなさい！』

「やるけど！」

　エアバスはゆっくりと右に傾き、横滑りしながら旋回しはじめた。

「だーっ、なにこれ、すっげーレスポンス悪い！」

『文句言わずに慣れなさい。次は左旋回。ノン！　ノン！　高度維持して！　スティック引いてスロットル押して目は総合飛行情報ディスプレイに！』

　シムーン・アンはびしばしと命令する。こいつ楽しんでるのか？　という疑問が一瞬脳裏をかすめたが、ゆかりにはそれ以上考える余裕がなかった。ただ漠然と、アリアンとの共同訓練でこんなやつに頭ごなしに命令されたら切れるだろうな、と思った。

スロットル操作をマツリ、計器の読み上げを茜に分担させて、飛行訓練を繰り返す。

すでにエアバスはカイエンヌ上空に到着していた。トラフィック・パターンなるものにそって進入降下、滑走路の上空通過、上昇を繰り返している。飛行機の着陸は宇宙船どうしのランデヴーに似ていた。位置と速度と方向がすべて一致しないと着陸できないのだ。しかし操作はまったく違う。操作と結果が単純に結びつかない。

頭がウニになりかけているところへ、またCAが駆け込んできた。

「ちょっと、いつになったら着陸するのっ！」

「いま練習中。もう少し待って」

「患者が死にそうなのよ！　早く降ろしてっ！」

「あと何分飛べる？」

「二十八分」

茜がFMSをすばやく操作して答えた。

「あと二十分くらい練習させて」

「二十分も待てないわ！」

フランス女はヒステリックに叫んだ。

「死ぬのよっ！　食中毒って遅れたら死ぬのよっ！　墜落するまえにみんな死ぬわっ！」

ＪＡＬのＣＡだったらもっと冷静なんだろうなと心の半分で思いながら、ゆかりはその訴えを受けとめた。

二十分が生死を分けることだってあるかもしれない。

ゆかりは心を決めた。

「すぐ降ろすからあっち行って、客に衝撃防御と緊急脱出の用意させて」

「わ、わかった！」

ＣＡが出ていくと、ゆかりはシムーン・アンに通告した。

「患者の容体が悪化してるから、いまから降りるね」

『無理よ。もっと練習しないと！　着陸に失敗したら患者どころか全員死ぬのよ！』

「全員助けるんだ。やるとなったらコンプリート・サクセス狙うもんね」

『やめなさい！　考え直すの！』

「キャプテンはあたしだ」

ゆかりは一方的に通信を打ち切った。

口元に笑みがうかぶ。面白くなってきた。

コクピットに押し込まれてから、ずっと誰かの言われるままになってきた。

初めて自分で決断する時がきたのだ。

「茜、さっき滑走路の上で高度いくつだった？」

「百八十メートル」

「じゃ、こんどはさっきより百八十メートル低く飛ぶ。それで車輪が地面につく。逆噴射してホイールブレーキかける。なんか忘れてたら言って」

「いいと思う」

もう茜の脳には新しいチェックリストが組み上がっているはずだ。ゆかりは機体を左旋回させながら思った。この子は——気絶さえしなければ——どんなコンピュータより信頼できるんだ。

「マツリ、スロットルよろしく。さっきの感じだと、飛行機ってのも結局スロットルで降ろすらしいから。で、地面に触れたらすぐリバースね」

「ほい、まかせて」

正面に滑走路がきた。飛行情報ディスプレイの表示もぴったりシンクロしている。

失敗する気がしない。決断をまかされると天性のリーダーシップが発動して全身の細胞を活性化させる。それがゆかりに備わった、宇宙飛行士の〝正しい資質《ライトスタッフ》〟だった。

「降下率、百五十をキープして」

茜が指示する。

『スロープが浅すぎる！　降下率をもっと上げなさい！　地面効果を考えて！』

シムーン・アンがうるさく指示してくる。大きなお世話だ。

するとｌ別の声が呼びかけた。これも女だ。

『どうしても降ろすってんなら、そのろくでもないフライト・プロテクションを切りな』

そういや墜落しようにもできないって言ってたな。コンピュータに着陸を妨害されちゃ困る。ゆかりはプロテクション機能をオフにした。

滑走路の末端を示す六本の白い帯が、ぐんぐん迫ってくる。

「いいぞ。このまま――ん？」

さっきのように降りてくれない。なぜだ？　プロテクションは確かに切ったのに。

地面効果のことなど知る由《よし》もなかった。着地寸前の高度では、地面と機体にはさまれた空気がクッションになって余分な揚力をもたらす。単純に上空通過の手順を平行移動するだけではだめなのだ。

ゆかりは焦った。滑走路がどんどん消費されてゆく。

『復航しなさい！　エアフランス三〇七、スロットル全開にして着陸復航なさい！』

「降りるんだ。マツリ、もっとスロットル絞って」

「もうゼロまで絞ったよ」

「でも降りないんだ」

「じゃあ逆噴射しようか」

「それだ！　やってやって！」

「ほい」

逆噴射。宇宙飛行士にはわかりやすい発想だった。

マツリはためらいもなく四本ひとたばのスロットルをリバース位置に押し込んだ。

逆噴射——スラスト・リバーサーは車輪が接地してからでないと作動しない設計だった。が、なぜか今回は作動した。四基のエンジンが咆哮した。

とたんに機首ががくりと落ちた。視野のすべてが滑走路になった。

前輪が滑走路を強打する。タイヤがバーストし、白煙をしたがえたゴムの破片が機首のまわりに飛び散った。

「きゃあ！」

茜が悲鳴をあげて尻餅をつく。

床下から黒板を引っ掻いたような音が響く。

それから後輪が接地した。

機首が滑走路をそれはじめる。コクピットはシェーカーのように揺れた。止まらない。

茜が叫んだ。

「ゆかり、ホイールブレーキ！」

「こいつかっ！」

ゆかりはブレーキペダルを思いっきり踏んだ。車輪に制動のかかる手応えがあったが、まだ止まらない。エアバスはランウェイ・ライトを蹴散らして滑走路脇の草地を走り、右翼で吹き流しのポールをなぎ倒し、誘導路を横切った。まだ止まらない。

金属の破断する音がした。窓の外に火の粉がとんだ。

急減速でハーネスが体に食い込む。尻餅をついていた茜は舞い上がり、機長席の背もたれに抱きついた。

「きゅう！」

それから、嘘のように静かになった。

まだコクピットごとぐわんぐわん揺れているような気がするが——気がするだけか。

「止まった……？」

「止まったね」

マツリがひょっこり立ち上がる。

ゆかりもハーネスを解いて席を立ち、まわりを見回した。無意識にサバイバルキットと救命ラフトを求めている。それから、座席の背もたれにしがみついたまま凝固している茜を揺さぶった。

「茜、茜、生きてるか!?」

「う……うん、大丈夫。着陸した？　止まった？」

「うん、地面の上で止まってる。これで、いいんだよな？」

「ほい、こっちは大丈夫だよ」

マツリは右舷の側方窓に顔を寄せて、主翼のほうを見ている。

そうだ、外を見ないと。ゆかりも左舷側を見た。主翼もエンジンも健在で、炎も煙も出ていない。

赤色灯を閃かせて、大小さまざまな車輌がやってくる。消防車。救急車。乗用車。バス。

すぐそばのハッチが開いて、脱出シュートが膨張してゆく。

キャビンから喝采と歓声がひびいてきた。

「結果オーライ……かな？」

ACT・3

うかつにコクピットを出たのは失敗だった。食中毒をまぬがれた乗客たちは元気一杯で、たちまちキスと抱擁の嵐に翻弄されたのだった。

三人はそれを振り切って機外に脱出し、機首の前に来た。

目の前に、二十度ほど折れ曲がったエアバスの前脚柱がそびえていた。

タイヤは消滅し、じかに滑走路をこすった金属ホイールは無残に削れ、ささくれ、消火液の泡にまみれていた。飛散した破片を受けたのか、胴体下面にも無数の衝突痕がある。

再突入した宇宙船よりひどいな、とゆかりは思った。Gや揺れ具合は宇宙船のほうがきつい。だが、たかだか秒速二百五十メートルをゼロにするのに、こんなにてこずるとは思わなかった。得体の知れない乗物を操るのはまったく疲れる。

三人はくたくたとコンクリートの上に腰を下ろした。

手をついて地面の感触を味わう。消火液をかぶったコンクリートは、熱く湿っていた。

正午前の陽射しが頭上から降り注いで、濃い影が落ちている。赤道直下の南米大陸。

三人は座り込んだまま、しばらく惚《ほう》けていた。

どこかでごうごういうジェットエンジンの音がしている。

暑くなってきたので、そろそろ建物に入ろうかと思った頃――

靴音が近づいてきて、目の前で止まった。

黒い靴とオレンジ色のフライトスーツの裾が視野に入った。

「ほい……？」

マツリが顔をあげ、目をぱちくりしている。

ゆかりも顔をあげた。

Gスーツを着込んだ、五人のパイロットが立っていた。ヘルメットを小脇にかかえ、にこりともせずにこちらを見下ろしている。

女だ。それも小娘だ。ゆかりは自分の立場を忘れてそう思った。

赤毛が一人、ブロンドとブルネットが各二名。

五人の背後の誘導路には、あの戦闘機が縦一列に並んでいる。

ブロンドその一が口を開いた。

「キャプテンって子は誰?」

その声でわかった。シムーン・アンだ。

ゆかりはゆっくりと立ち上がった。

「あたし」

と、相手の右手が一閃した。

視覚と聴覚がフラッシュした。その大音響は、鼓膜よりも頬骨から内耳に伝わった。

遠慮会釈のない平手打ちだった。

……そうか、着陸の時こいつの指示を無視したんだった。

それで怒ってる。ゆかりはとっさに理解した。

だけど全員助かったんだからいいじゃないか。

理由がないなら、ぶたれたままでいるべきじゃない。この結論もとっさに出た。

ゆかりも手は早いほうだ。のけぞった上半身を立て直す反動を生かして、右手のバックハンドで平手打ちを決めた。完璧に命中した。それから相手を見た。

乱れた金髪の下で、瞳が燃えていた。こんどは拳を固めている。

くるか、と思った直前、向こうの仲間がシムーン・アンの片腕をつかみ、何か言った。

ゆかりの腕をつかむ者もいた。マツリだった。

「ひとつにひとつ。おあいこだね」

ふだんと変わらない、低い、よく響く声だった。

ゆかりは腕の力を抜いた。

シムーン・アンは仲間に向かって、短く、断固とした口調で命じた。

仲間は腕を離して引き下がった。

シムーン・アンはゆかりを見据えたまま、構えをゆるめた。

それからフランス訛りの英語で言った。

「三百人を殺すところだったわ」

「全員助かったんだからいいじゃん」

「結果オーライで事を進めるような人に、私たちのサポートは任せられない」

「あんたたちのサポート？」

ゆかりは相手の飛行服のワッペンを見た。ARIANE。アリアン。

「てことは――」

「私はアリアン・クーリエ社の宇宙飛行士、ソランジュ・アルヌール。今回の月飛行ミッションのコマンダーでもある」

そうか。そうだったのか。こいつが月へ行くリセエンヌの頭目《とうもく》か。

このへんでジェット戦闘機を乗り回す小娘など、アリアン・ガールズくらいのものだろう。気づいてしかるべきだった。

ならばこちらも名乗らねばなるまい。

「SSAの先任宇宙飛行士、森田ゆかり。SSAじゃあたしがリーダーってことになってる」

「今日からリーダーは私よ。肝に銘じておくことね」

ソランジュは頭ごなしに言った。

「さっきのような独断は認めないからそのつもりで」

言い捨てて、つかつかと歩み去る。

仲間の四人は、一呼吸遅れてそのあとを追った。

ゆかり、マツリ、茜の三人は、呆然とそれを見送っていた。

「信じられん。なにあのステロな言い回し」

これは日本語。

「最っ低」

第二章　アリアン・ガールズ

ACT・1

　数年前、日本が海外援助の名目でソロモン諸島に宇宙基地を建設したことは、当時ほとんど誰にも知られなかった。

　その組織の名はSSA、ソロモン宇宙協会。どこにも「日本」の字はない。現地法人の隠《かく》れ蓑《みの》である。ソロモン諸島に独自の放送衛星を打ち上げて無数の島々にあまねく教育をほどこす名目で設立されたのだが、実は那須田勲《なすだいさお》なる野心家のワンマン企業だった。

「というわけで本日の特集です。スタジオにあのソロモン宇宙協会の代表、那須田勲さんに来ていただきました――うわあ！」

岩山のような男がフレームインすると、中年のキャスターは大袈裟《おおげさ》に驚いてみせた。

「いやー、ビッグマン。すっごい貫禄ですねえ。ソロモン宇宙協会っていうとちっちゃな宇宙飛行士で有名なんですが、なんて申しますか……すっごい対比ですよね」

「はっはっは」

那須田は鷹揚《おうよう》に笑ってみせた。

巨軀に猪首《いくび》。体格はむやみに大きいが、丸い銀縁眼鏡の奥に鋭い目が光ったところは往年の軍師を思わせる。コンピュータつきブルドーザーと言われ、斬新な発想と度胸でSSAを立ち上げた男だった。

「那須田さんは低コストの有人宇宙飛行を実現して世界の宇宙ビジネスに斬り込む、という野望を見事実現されたわけですが――」

「いやいや、野望なんてもんじゃないですがね」

「僕ねえ、去年ゆかりちゃんが初めて飛んだ時はもうびっくりしちゃいましてね。日本の宇宙開発っていえばもう人工衛星ばっかり上げてたじゃないですか。まさか人間が、それも女子高生が宇宙に行くなんて、そういうこと思いつくだけでもすごいなあって」

「なに単純な物理法則ですよ、これはね」

ロケットという乗物はおそろしく効率が悪い。一握りの荷物を運ぶのにその何十倍もの燃料を要する。燃料を運ぶために燃料を消費するから、雪だるま式に燃費が悪くなる。

言い換えれば、その荷物が少しでも軽くなれば、何十倍もの燃料を節約することになる。那須田は小柄で体重の軽い少女を宇宙飛行士に仕立てた。体重もさることながら、大きく響くのは体格だった。それに合わせて軌道船――オービターをぎりぎりまで小型化すれば、ロケットもICBM並みになる。

この計画に最初に巻き込まれたのが、当時十五歳の女子高生だった森田ゆかりだった。次がゆかりの異母妹である森田マツリ。半年後に三浦茜が参加した。

那須田の計画は大成功をおさめる。一回の打ち上げコストは二十億円、スペースシャトルの十五分の一になった。

主な業務は人工衛星のメンテナンスだった。それまでの人工衛星は打ち上げ後に故障したらジ・エンドだった。厳しい重量制限から冗長性も充分ではない。極限まで高い信頼性を要求されるから、費用は一機あたり数百億になった。わずか二十億でメンテナンスできるなら、もっと安く作り、故障したらSSAの少女たちを派遣すればよい。

「でも僕なんか子供の頃アメリカのアポロ計画とか見て、ただもうすごいすごいって思って育ったもんですから――もうロケットとか人工衛星とかって人類の科学技術の粋じゃないですか。それを女子高生に修理させようなんてねえ、できるとお考えでした？」

「情報量ってこと考えるとね、いまどきの女子高生はたいしたもんですよ。受験勉強からファッションまで、とんでもない量の情報の海を平然と乗り切ってきてる。手順書などはすぐに暗記しますし、裏技まで見つけてきますからね。もう立派なもんです。はっはっは」

キャスターは三人の宇宙飛行士の写真を掲げた。

「で、このゆかりちゃんマツリちゃん茜ちゃんの三人ですけども——いやあ、かわいいですよねえ。ぶしつけな質問ですが、やっぱりルックスってのは考慮されてます?」

「いや、彼女たちとは数奇なめぐりあわせでしてね。まったくの偶然ですよ」

「こんなかわい子ちゃんじゃなくても採用された?」

「もちろんです」

那須田はきっぱり肯定した。嘘ではなかった。森田ゆかりとの初対面では、体格と気丈な物言いに注目しただけで、容姿はどうでもよかった。

だが、今でもそうというわけではない。

SSAの宇宙飛行士たちはロケットガールと呼ばれて、たちまち国際的アイドルになった。税金の無駄遣いと批判ばかりされてきた宇宙開発は、これを転機に熱狂的な支持を集める。海外協力基金の私物化に対する筋の通った批判でさえ、愛らしい三人娘の絶大な人気の前にかき消された。いまでは日本政府も公然とSSAの存在を認めている。那須田はこのボーナスを手放す気はなかった。

「さて――その昔、宇宙飛行士といえば男の中の男と相場が決まってました。それがいまや、宇宙は女の子でいっぱいです。ＳＳＡの成功をみて後に続いた組織がありまして、それがこの――」

キャスターはカメラ目線になって、フリップを取り替えた。

「フランスのアリアン・スペース社ですね。あ、僕たちついアリアンってフランスの企業だって言っちゃうんですが、正式には――」

「アリアンはＥＳＡ、ヨーロッパ宇宙機関が営利事業を行なうために設立した多国籍企業です。ヨーロッパの宇宙開発はフランスが中心になってやってましてね。だからアリアンの射場はフランスの植民地にありますし、みんなフランス語でやってますよ。それに飛行士も全員フランス人ですから」

有人飛行に関してはフランスが百パーセント出資してアリアン・クーリエ社という子会社を設立した。なぜ百パーセントかといえば、宇宙飛行士をすべてフランス人にしたかったのだろう。そして国内の小柄な女子高生――リセエンヌから五人の宇宙飛行士を選抜した。五人はすでに一ないし三回の宇宙飛行を経験している。

アリアン・クーリエ社はＳＳＡと同様の宇宙派遣サービスを行なうが、それが設立された直接の背景はきわめて野心的で、発表されたときは世界を驚かせた。

彼ら――彼女たちは月をめざしていた。

アポロ計画から実に三十年ぶりの、有人月飛行である。

「僕ねえ、どうもこの月飛行ってのが複雑でよくわからないんですが、月面滞在がたったの二時間なんですって?」

「そうですね」

「人類初の月着陸はもうアメリカがアポロ計画でやっちゃったわけですよね。それがわざわざリセエンヌを訓練してたった二時間だけ月に降りるってのは、フランスっていったい何考えてるんだろって思うんですけども——そもそもこれは、何をしにいくわけですか?」

「月の氷を持ち帰ろうとしてます」

「氷ってのは、オンザロックに入れる、ああいう氷ですか。それが月にあると?」

「透き通ったきれいな氷じゃないかもしれませんが、あると考えられてますね。北極と南極にね」

月の北極と南極は、ほぼ真横からしか陽が当たらない。そのため低地やクレーターの内部には永遠に日照のない地域が存在する。

そこにもし、彗星が落下したらどうなるか。

彗星の本体は〝汚れた雪だるま〟といわれる。衝突の熱で盛大に気化するが、残った水や泥は凍結して、永遠の夜の中に堆積する。

月に彗星が衝突することなどめったにないが、宝くじも億単位の年月にわたって買い続ければいつか大当たりする。昇華点を下回る温度なら凍結した水はいつまでも待っていてくれる。このゲームの勝率は高い。

「月に氷があるからって、それがどうしたって僕なんか思っちゃうんですけども」

「これはすごいことです。やられたって思いましたね」

「やられた？　といいますと、SSAも月をめざしてたんですか⁉」

「もちろんです。誰かが行って確かめなければならない、とね。我々もスポンサーを探していたんですが、フランスに先手を取られました。不覚でしたね」

「ははあ……」

もし月にまとまった量の水があれば、月面開拓における途方もない福音となる。理論的には、水素さえあれば人類は地球から独立して月に永住できるのだ。

月の極地に氷が存在する可能性は一九七〇年代から指摘されていた。九〇年代になって、NASAの月探査機クレメンタインとルナ・プロスペクターがその兆候をつかんだ。

どうやら月の両極には六十億トンの水が凍結して存在するらしい。

だがそれは軌道からの遠隔探査でしかなかった。明白な証拠をつかむには、サンプル・リターン――その氷の実物を地球に持ち帰る必要があった。

いくつかの機関がその準備にとりかかった。最初に名乗りを上げたのはアメリカだったが、計画なかばで議会の否決にあって撤退した。

有力候補に残ったのは中国の採掘ロボットだった。だがこれには疑問の声もある。月面との往復だけでも難度が高いうえ、無人の採掘ロボットを開発するのは茨《いばら》の道だった。もし装置がぐらぐらしたら。もしドリルが何かにひっかかったら。もし堅い岩にぶつかったら。ほんのささいなトラブルがあっても、巨費を投じた計画はたちまち破綻してしまう。

それなら人間を送り込もう。人間なら何があっても柔軟に対応できる。月面を五十センチ掘ることなどたやすい――アリアンはそう考えたのだった。

「ここに模型があります。ええと、この筒をつないだようなのが月飛行モジュールというんですね。まずこの部品を二度にわけて打ち上げて、地球のそばで組み立てて月に向かいます」

打ち上げにはアリアンⅤという大型ロケットを二機使うが、それでさえアポロ計画の超大型ロケットには遙かにおよばない。月面に運べる質量はわずか七百キログラム。

アポロ計画に使用された月着陸船は十四トンもある。その二十分の一で事をなすために思い切った方策がとられた。

「月飛行モジュールは月のまわりをぐるぐる回るだけで着陸はしません。まあ母船みたいなもんですね。で、月に降りるのはこれです」

キャスターは模型の中から小さな物体を取り出した。骨組みとタンクがむき出しになった、昆虫のような乗物だった。これに二人の飛行士がまたがって月面に降りる。

「で、これが重要なんですが、月に行くのは四人。そのうち二人が月に降りるんですよね。僕なんか思うのは、日仏共同ミッションっていうなら、なんでその四人のなかに一人も日本人が入ってないのかって――ねえ？　ゆかりちゃんたちは地球のそばの軌道で、出発のお手伝いだけして引き返すんですよね。あの子たちだって悔しいと思うんですが」

「まあ金を出すのはフランスですからね」

「国辱もんだっていう声もありますが」

「ここはフランスを称《たた》えるべきでしょう。月の極地に着陸するのは技術的に難しいです。燃料が余分にいりますし、通信もどこかで中継してやらないといけない。無難な低緯度帯にしか降りなかったアポロ計画に比べると、これはかなりの冒険です」

　那須田は笑みを絶やさずに言う。

「危険を承知で挑戦したフランスは、月への切符を独占する資格があります。確実にできることにしか金を出さない国は、指をくわえて見てるしかないですね」

　目は笑っていなかった。

ACT・2

「たくもー、これだからフランス人は――」

「帰っちゃったのかしら……」

カイエンヌ空港は国際空港だが、規模は日本のローカル空港に等しい。こぢんまりした空港ビルとハンガーがぽつぽつ並んでいるだけで、ボーディング・ゲートのたぐいもない。案内標識はフランス語が基本で、主なところは英語も併記されている。

空港ビルのロビーを三十秒で横切るとロータリーがあった。

ロータリーの向こうは開墾された平地がひろがり、遠くにフラットな森がある。

空は濃く、積雲がCGのように同じパターンを繰り返して地平線まで連なっていた。

三人はそんな景色の前にたたずんでいた。

ロータリーに車はない。迎えの車が来るはずなのだが。

「あいつら、国際空港に勤めてるくせにフランス語しかしゃべれないんだから」

事情聴取にあたった係官のことである。おかげで筆談したりしてずいぶん時間がかかった。その間に出迎えのほうは帰ってしまったのだろうか。

「CSGに電話してみるか。英語話せる奴がいりゃいいけど」

CSGはギアナ宇宙センターのフランス式略称。ここから陸路七十キロの彼方にある。

派手なブレーキ音がした。

駐車場のほうから出てきた黄色いオープンカーが道路の真ん中でアクセルターンして逆走し、ロータリーに飛び込んでくる。

白人の娘が四人乗っていた。車は目の前で止まった。

「ボンジュー！　さっきは大変だったわね！」

黄色い声をあげながら、こちらにひらひらと手を振る。なんだかまぶしい、ファッション雑誌のグラビアみたいな眺めだった。

「悪く思わないでよね、ソランジュはああいう娘なんだから。これからCSG？　乗ってかない？　みんなでランチにしようよ！　ほかの人は？　付き人さんとかいないの？　三人だけで来た？」

派手な金髪娘が、いきいきと英語でまくしたてる。

さっきの〝その他四人〟か、とゆかりは思った。私服のアリアン・ガールズ。

「えーと……」

なにから答えたものか、ゆかりは戸惑った。

「私たち、アリアンの迎えを待ってるんだけど」

「来ないんなら待つことないよ。大丈夫乗れる乗れる。ほら荷物こっち！」

トランクに荷物をつめこみ、後部座席に三人で乗る。降りた二人はどうするんだろうと思ったら、左右のドアにハコ乗りした。

「いいよ、出してイヴェット!」

「イグニションシーケンス・スタート!」

車は重低音を響かせて発進した。ものすごく燃費が悪そうだ。

「ええと、ユケリだっけ。あたしシャルロット。シャルロット・ゲンズブール」

「ゆかり。森田ゆかり」

「ゆかり、なに食べる? ギアナでいちばんましなフレンチ・レストランはどう? クレオール風じゃないやつ。プロバンス料理もいけるわよ」

「フランス料理はちょっと」

「じゃあブラジルは? シュラスコとか?」

「よくわかんないけど、そっちでいいや」

「イヴェット! ペルナロンガ・オテルに軌道修正!」

「聞こえてるよ、あんたの声はでかいんだから!」

イヴェットはアクセルを踏み込み、カイエンヌ市街に向かう一本道を爆走した。

数分で市街に入った。コロニアル風の建物が並んでいる。そのなかにひときわ大きなホテルがあり、一階がレストランになっている。ギアナとしては高級なほうだろう。

アリアン・ガールズが入っていくと、蝶ネクタイに白いスーツ姿のウェイターが笑顔で出迎えた。薄暗い店内はよく冷房がきき、肉の焼ける煙と胡椒《こしょう》の香りが立ちこめていた。

奥のパーティ・ルームに通される。

「おっ、肉だ」

ゆかりが言った。

「あっ、ごはん食べてる」

茜が言った。

調理場との仕切りで、巨大な肉塊が串刺しにしてあぶられていた。

テーブルでは客がピラフのようなものを食べている。

マツリはどのテーブルにもケチャップとマスタードがあるのを見て顔を輝かせた。

シャルロットが適当に注文しながら、

「ドリンクは？」

メニューはフランス語で読めない。

「ソフトドリンクとか、ひととおりある？」

「オレンジ、パイン、マンゴー、ココナツミルク、その他いろいろ」

「じゃオレンジ」

「私、ココナツミルク」

「パイン・ジュースがいいね」

飲み物が運ばれてくると、娘たちは自己紹介した。

イヴェット・グランベールはブルネットをショートにした小麦色の健康美人。洗いざらしたデニムのベストにショートパンツという姿だが、ヘルス・エンジェルスのような退廃ムードはない。腕には航空仕様のGショック。

「あの、イヴェットさんて月面に降りる二人のうちの一人ですよね？　ソランジュさんと」

茜がまぶしいものでも見るような顔で言った。

「そうそう」

「うらやましいなあ。素敵でしょうね、月の北極って」

「そお？　CGで見たけど、ぞっとしない感じだよ。真っ暗闇だしさ」

イヴェットはこともなげに言った。

「オレさ、宇宙とか月っていうより、ジェットに乗れるって聞いたから応募したんだ。女じゃ空軍パイロットは狭き門だし、リセにゃ飽き飽きしてたし、渡りに船だったよね。宇宙飛行は三回したよ」

それからイヴェットはゆかりに向かった。

「にしてもさっきの着陸はすごかったよね。スロットルもあんたが？」

「推力はこいつが」

「ほい、マツリがしたよ」

イヴェットはマツリに言った。

「エアバスにあんな機動させるとはクレイジーだよね。こんどミラージュ飛ばしてみる？」

「ほい？」

「ミラージュⅢ。昨日見たろ？　あたしらの訓練用に空軍からもらったやつ」

マツリはにっこり笑った。

「いいね！　ゆかりもやろう」

「やめとく。飛行機は当分乗りたくない」

「そう。あんたは？　えーと」

「三浦茜です。あの、私も飛行機はちょっと」

「淡白だなあ。操縦するなら飛行機のほうが断然面白いぜ？　宇宙船なんて一本道の上で決まった時にデルタVするだけだろ。電車と同じさ」

デルタVとは速度変更、つまりロケット噴射のこと。

「べつに面白いからやってるわけじゃないけど」

ゆかりが答えた。

「じゃ何で宇宙飛行士になんかなったのさ」

「成り行き。夏休みにソロモン諸島に行ったらいつのまにか打ち上げ基地ができてて、体格が合うから一回だけ乗ってくれって言われて」

「それでやみつき?」

「まさか。乗ったら学校退学になって。うちの学校アルバイト禁止だから。それで帰るとこなくなって、ずるずると」

「まあ、帰るところがないなんて! あなたぐらい有名になれば何にだってなれるのに!」

シャルロットが華やかな声で言った。ゆかりはなんとなくむっとして相手を観察した。カールした金髪に真紅の口紅。ピアスにアイシャドウ。笑顔になると、耳まで裂けそうな口。とがった顎に秀《ひい》でた頬骨。欧米における美人の条件をひととおり揃えている。

ゆかりは先が読めた気がした。

「そういうあんたは何を狙ったわけ?」

「もち、芸能界デビュー!」

「……やっぱしか」

いるんだ、こういうやつが。

「歌でもテレビでも映画でも、なんでもこなせるスターになるわ。まず宇宙を飛べるってわけ! 地球に国境はない。愛を語る宇宙の天使! もうおいしすぎるぅ!」

長いまつげをはためかせて、歌うように語る。それからシャルロットはダイキリをぐびぐび飲んだ。見ればアリアン・ガールズの飲み物はすべてアルコール入りだった。

　隣りの娘が言った。

「この子ね、もう歌手デビューはすませてるの。ここのクラブで歌ってるんだ。週末の夜とかね。すごい人気だよ」

「ええと――」

「ゾエ・ワリオ。あたしも似たようなもんかな。バカロレアに進むには山ほど勉強しなきゃいけないし、それより思いっきり目立つことやって人生変えちゃえって思ってね。あたしみたいなチビが向いてるっていうんだから、チャンスだったよね」

　会ってみて意外だったのだが、アリアン・ガールズの身長はこちらと大差なかった。写真ではモデルみたいな八頭身に見えたのだが、身長制限は百五十五センチだという。

　ゾエはブルネットで、ウェーブした髪を胸まで垂らしていた。インド人のように彫りが深く、神秘的な顔立ちだ。

「ゾエも歌手とかめざすわけ？」

　相手は急に顔をゆるめて、

「うーん、あたしはいまのまんまで充分かも～～」

「ゾエはいまがこの世の春だもんね」

シャルロットが言った。なんだかしらないが、すごくハッピーらしい。

ゆかりは四人目、赤毛のショートカットの娘に顔を向けた。

ほかの三人と同じく、美人にはちがいない。しかしジョン・レノンみたいな丸眼鏡のせいか、ちょっとファニィフェイスに見える。

アンヌ・マーラーは超然とした目でこちらを見て、いきなり言った。

「あのくそったれな飛行制御システムを殺したのは超正解だったわ」

「は?」

「フランスのシステムはどれもサイテー。エアバスはしょっちゅう墜ちるし、アリアンVの初号機だってあのザマだったしね。知らない? 制御ソフトがバグってて打ち上げ四十一秒後に大爆発。あんたたちの着陸はベストじゃないけどけっこうイカしてたわ」

「そりゃどうも」

ゆかりは思い出した。この声、着陸直前にアドバイスしてきた奴だ。

「ここに来りゃ、リセのよりはマシなシステムが使えるって思ったんだ。バカロレアに入るまで待つのもかったるいし」

宇宙飛行士になった動機を語っているらしい。

「システムって、つまりコンピュータ?」

「そう」

こいつはハッカーか？

山盛りの野菜と果物、ライスが運ばれてきた。

それから料理人がワゴンに肉塊を載せてやってきた。

肉は岩塩と胡椒をこすりつけて焙《あぶ》ったもので、外側から山刀のようなもので削りおとして皿に盛る。これに玉葱とピーマンのマリネのようなものをぶっかけて食べる。

「うまい！　塩と胡椒と玉葱。肉はこれに限るな！」

フランス式の得体の知れないソースに浸すなんて邪道だ。ゆかりはもりもり食べた。

隣りを見ると、マツリがケチャップとマスタードを肉にふりかけている。

「言ってるはなからそれかい、おまいは」

「赤と黄色だよ、ゆかり。これですべておいしくなる」

「ジャングルで木の根っこの澱粉《でんぷん》食ってた反動か？」

「……もしかしてあんたら、ろくな食事してないわけ？」

イヴェットが聞いた。

「ソロモン基地では宇宙飛行士専用の食事を出されるんだけど」

ほかの二人の口がふさがっているのを見て、茜が答えた。

「これがいまいち、食べたって感じじゃなくて。量も味も」

「病院食みたいな？」

「そうかも。体重制限きびしいし」

おーう。四人のフランス娘は大仰《おおぎょう》に両手をひろげ、天を仰いだ。

「飛行機も車も乗れなくて食事もおしきせで、よく我慢してるなあ」

「それくらいは平気。宇宙に行けるんだもの」

四人は急に真顔になって、顔を見合わせた。

それからシャルロットが茜をまじまじと見て、

「えーと、アクネ――」

「茜です」

「もしかして茜、ボーイフレンドもいない？」

「いないですけど？」

「一人も？」

ゾエが聞いた。

「ええ、一人も」

「毎朝ジョギングしたりする？」

茜はこっくりうなずいた。

「すこし。体弱いから」

「夜は持ち帰った手順書を復習するとか？」

「もちろん」

四人はまた顔を見合わせた。

「同じだ」

「同じね」

「ね、あんたらもそうなの？」

ゆかりとマツリは肉を頬張ったまま、ぶんぶん首を横に振った。

「だよねえ。にしてもソランジュと同じのがもう一人いるとは……」

「ほらんりゅ」

ゆかりは肉を飲み下してから、言い直した。

「ソランジュってそういうタイプ？　あこがれの宇宙めざしてまっしぐら？」

「メ・ウイ！」

四人は口を揃えて肯定した。

「謹厳実直で――ほれ、『ザ・ライト・スタッフ』のジョン・グレンみたいな？」

「メ・ウイ！」

「そーかぁ……」

全員の視線が茜に集まった。

「そ、そんなに変ですか、私？」

茜はフォークを持つ手を止めて、たじろいだ。

「でも、みんな宇宙へ行ったんでしょう？　宇宙で感動とか……しなかった？」

フランス娘たちの表情はさまざまだったが、素直にうなずく者はいなかった。

「ま、眺めはなかなかのもんだよね。ゼロGも慣れれば悪くないし」

「それだけ？」

「あたしの考えじゃ、あの感動ってのは」アンヌが醒めた目で言った。「地上で大騒ぎした余勢ってやつよ」

「そうそう、宇宙飛行士の本分は地上にあり！」

「やっぱ、人生を楽しもうってことになりゃ——ねえ？」

四人は完璧なユニゾンで唱和した。

「ソランジュではいられない！」

ACT・3

カイエンヌからCSGのあるクールーまでは七十キロの道のりだった。海岸線にそって北西にのびる国道一号線——ギアナ唯一の幹線道路を通る。あたりは見渡す限りの平野で、海も山も見えない。道路の両側は森ばかり。人家もときどきはある。

イヴェットは猛スピードでオープンカーを走らせた。

小一時間ほど走ると、右手の沖に小さな島が見えてきた。手前にひとつ。遠くにひとつ、ふたつ。

出発前に読んだ観光ガイドを思い出す。

あれが『パピヨン』の脱獄したサリュ諸島か。

ギアナはフランス革命のあとにできた流刑の地だった。本国から送られてきた囚人たちは過酷な労働をしいられ、マラリアや熱病で次々と倒れていった。ほんの半世紀前まで、ギアナは「呪われた土地」「緑の地獄」と呼ばれていた。現在でも入国にあたっては黄熱病の予防接種が義務づけられている。

もっとも、ふだん南緯八度のソロモン諸島で暮らしているゆかりたちには、どうということはない。そもそも熱帯の暑苦しさは盛夏の日本と大差ない。それが年中続くだけだ。

いまどき植民地支配なんてやってる国も珍しいけど……。

ゆかりはまた、ソランジュのことを思った。

茜とちがうのは、支配者然としたとこか。あいつは。

「で、あんたたちのオテルはどこ？　ヒルシュ？」

イヴェットがふりかえって怒鳴った。

「オテル?」

「ホテル、ホゥテール!」

フランス人はhを発音しない。

「知らない。全部アリアンにまかせきりだったから」

「了解、じゃあまずCSGに行こう」

単調だった風景が変わってきた。人家や看板が少し増えた。広い河口にさしかかった。橋を渡るあいだ、マングローブと椰子《やし》の繁る海岸がちらりと見えた。クールーの街も海寄りにある。

橋を渡った正面がCSGの中心部だった。ゲートを顔パスで通過する。いろんな旗がたなびいていた。フランスのトリコロール。ESAとCNES。それからカナダ、日本、イタリア、インドネシアの国旗。

「あのへんはスポンサーや関係国の旗ね。衛星の打ち上げもやってるから」

少し進むと、やわらかな曲線に包まれた、象牙色の塔が目に飛び込んでくる。

塔ではない。アリアンVロケット。その実物大模型だった。

エアバスの胴体を立てたくらいあるな、とゆかりは思った。直径五メートル、高さ五十メートル、打ち上げ時重量七百トンの巨体。SSAの主力ロケット、LS-7に比べて寸法で二倍、体積で八倍以上あると聞いている。

「あいつに乗れってか……」

ロケットの向こうに、モダンなデザインのビルがあった。

「わあ、おしゃれ。やっぱりフランスねえ！」

茜が声を弾ませる。

円筒やガラス張りのドームが複雑にからみついて軍艦の艦橋みたいだ。色はライトブラウンの地に真紅のアクセント。こんな色遣いはフランス人しか思いつかないだろう。

「ジュピター2。アリアン・ロケットの管制センターだよ。あたしたちの部屋もあそこにあるんだ」

駐車場に車をとめて玄関に入る。

受付にはフランス女優みたいなブルネットの女がいた。アリアン・ガールズを見ると、軽く会釈した。

女はシャツの胸元を大きくはだけていて、谷間がくっきり見える。

ゆかりはなんとなく茜の顔を見た。茜は赤面していた。それから二人はマツリを見たが、この裸族はなにも感じていないようだった。

シャルロットがなにかフランス語で話しかけ、女がうなずくと一行は奥に進んだ。

「ゆかり、ベルモンドは知ってる？　マネージャーの」

「ああ、名前だけなら」

宇宙飛行士室室長。ゆかりたちを含めて宇宙飛行士の世話をし、訓練を監督する。CSGに着いたらまずベルモンドと会うことになっていた。

ベルモンドは自分専用のオフィスを構えていた。窓を背にしたハの字型の広大なデスク。コンピュータとアリアンVのデスクトップモデル。観葉植物。

娘たちが入ると、ベルモンドは機敏に立ち上がった。

「やあ、来たね！　空港で会ったのかい」

「ま、いろいろあってね」

と、イヴェット。

名前のせいか、ジャン＝ポール・ベルモンドに雰囲気が似ている。細身の長身にポロシャツをさっくりと着こなして、なかなかの伊達男《だておとこ》だった。

ベルモンドはこちらにやってきて、順番に握手した。

「ピエール・G・ベルモンドだ。宇宙飛行士室のチーフ・マネージャーをしてる。なんでも相談してくれ」

「よろしく」

「至らぬこともあるかと思いますが、よろしくお願いします、ムッシュー・ベルモンド」

茜がていねいにおじぎすると、また全員の視線が集まった。

「あ？　え？」

「いーのいーの」うろたえる茜の肩を、ゆかりはぽんぽん叩いた。「模範的ってやつよ」

「ソランジュはいっしょじゃなかったのかい」

「自己紹介はすんでるわ。エアバスの残骸の前でね」

アンヌが皮肉っぽく言う。

「ほう？」

ベルモンドは顔面の筋肉をいっぱいに使って片眉をあげた。Mr.ビーンみたいだ。

アリアン・ガールズはしばらくにやにやしていたが、やがて事情をうちあけた。

「なんとね。それで飛行訓練のほうも打ち切りってわけか」

「滑走路閉鎖だし。あたしたちは無理やり降りたけど」

「なるほど。なんにせよ無事でよかった。ゆかり――」

「ん？」

「ソランジュはまじめで責任感の強い子だ。それでつい手が出たんだろう。悪く思わないでやってくれないか」

「まあ……そう思いたいとこだけど」

「ライバル意識もあるんだろう。我々の人気は上々だが、先に成功した君たちの猿真似だとささやかれることもある。ときどきね」

「ふむ」

「こんどの共同ミッションだって、ソランジュは自分たちだけでやれると言い張ってた。そのほうがチームワークがいいってね。そうかもしれないが、なにしろ、ちょっとした宇宙ステーションの建造に匹敵する作業を半日でやっつけるんだ。僕らとしては無理せず、経験豊富なSSAに頼ることにした。わかってやってくれ」

「まあ努力はしてみるけど」

「ありがとう。オテルのチェックインはすませたかい？」

「まだ。どのホテルかも聞いてないし」

「おっとそうか。ヒルシュ・オテ——ホテルだ。僕が案内するよ」

「あたしたちが連れてくけど？」

シャルロットが言った。

「君たちには時間を有効に使ってもらおう。三時にプロシージャ・シミュレーターに集合だ」

「あーあ。カイエンヌで遊んでりゃよかったな」

「打ち上げまであと四十日。そんな余裕はないはずだよ」

イヴェットの車から荷物を移すと、ゆかりたちはベルモンドの車に乗ってジュピター2

の駐車場を出た。

　ベルモンドは頼みもしないのに、ＣＳＧの施設を案内すると言う。

　また道路だけになった。カイエンヌからの道とおなじ眺めだ。

「遠いの？」

「もう敷地の中だよ」

　数キロ走ったところで、ちらほらと建物が見えてくる。

「あのへんが固体燃料の製造プラント。ロケットはツールーズやヨーロッパ各地で作るんだが、燃料は現地生産なんだ」

「うちもそう。なんかバウムクーヘンみたいにして作ってる。職人芸でさ」

「ほう、変わった製法だね？　あの傾斜機能性はそうやって与えるのか」

「あ、これ機密事項だった。忘れて」

「ウイ」

　ベルモンドは小粋にウインクしてみせた。

　さらに進むと、背の高いビルのようなものがある。

「あちらがＥＬＡ2。一世代前の、アリアンⅣの射場だね」

　やがて、鉄道のレールをまたいだ。複線だ。ベルモンドは線路のまんなかで車を止めた。

「これがアリアンⅤを運ぶレールさ。このダブルトラックの上を発射台やモジュールが移動するんだ」

「発射台が一般道路とクロスするわけ？」

「そう。だけどロールアウトや打ち上げ前は交通規制するからね」

これという産業もないフランス領ギアナは、いまやアリアンのためにあるらしい。

「で、この先一帯がＥＬＡ３。アリアンＶの射場だ。こっちの固体ブースター組み立て棟からブースターがＢＡＦに移動する。ＢＡＦは最終組み立て棟。そこで本体と合体して射点に移動する。射点はほら、遠くに鉄塔が四つあるね？　あの中心だ」

なんだかよくわからない。とにかく各パーツを組み立てる工場がちらばっていて、その間をレールで結んでいて、流れ作業で打ち上げ準備をすすめるらしい。

「すごくシステマティックですね」

茜は話についてきていた。

「そう、あんな大きなロケットを年間十回以上打ち上げるんだからね。しかも今回は二機連続で打ち上げるから特別な改修もした。すべての工程を同時進行で進めるシステムだよ」

「連続打ち上げならうちだってやるよ」

ゆかりは言った。

「だが七百トンの巨体じゃあるまい？」

「それはね」

「有人飛行じゃ遅れをとったが、僕らは八百機のロケットを打ち上げてきた。君が初飛行する前から、そして今も、ここは世界で最も進んだ打ち上げ設備と言われてるんだ」

そう言ってベルモンドは胸を張った。

……要するに自慢話がしたかったのか。

打ち上げ施設を一巡すると、一行は来た道を引き返した。

CSGの敷地を出て、クールー市街に入る。

しめっぽい、閑散とした、いかにも植民地風の街だった。古びた石造りの建物もあるが、目立つのはごく現代風の民家だった。

街を貫通して海岸ぞいの道路に出る。

五階建ての白いビルが見えてきた。

「ヒルシュ・ホテルに到着だ。悪くないだろう？　大西洋が一望できる」

絵に描いたような、椰子の木の繁る海岸だった。

ボーイに荷物を運ばせ、ロビーに入る。

ベルモンドがフロント係に何か話しかけた。

「○□◆×◎◎△？」

「○×◎△」

「×○◎△◆!!」

「□◎×△○×◆◎△!!」

フランス語の応酬が始まった。

二人の声が大理石のロビーにがんがん響いた。

ベルモンドとフロント係は十分ほど怒鳴りあっていた。

それからキーを受け取った。

「予約してなかったの?」

「したさ」

「じゃあなんで激論したのさ?」

「いまは部屋がないというんだ」

「どうすんの」

「すまないが三人でツインルームに入ってもらう。ベッドをもうひとつ運ばせるから。部屋があいたらすぐデラックス・シングルに移ってもらうよ」

やれやれと思ったが、案内された部屋は清潔でゆったりしていて、ソロモン基地の宿舎よりよほど快適だった。

「あの、CSGまではどう行けば」

茜が聞いた。

「センターの車を使ってくれ。ここに運ばせるから」

「私たち、運転できないんですけど」

「運転できない？　車が？」

　ベルモンドは片目をひんむいた。

「ええ」

「宇宙船が操縦できるのにかい？」

「車の操縦訓練は受けてませんから」

「なるほど」

　ベルモンドは少し考えて言った。

「よろしい。では運転手と車を手配しよう。明日からは八時にジュピター2のブリーフィング・ルームに来てくれ。ああ、これがＩＤカード。ＣＳＧへの出入りに必要だ。それからと……食事はここのレストランがおすすめだ。夜はむやみに出歩かないこと。これといった娯楽もない街だしね。ほかに質問は？」

「迎えはちゃんと来るんでしょうね？」

　ゆかりが念を押す。

「もちろんだ」

「ならいいけど」

「大丈夫、レディーを待たせるようなことはしないよ」

ベルモンドは「では明日」と言って出ていった。

ACT・4

翌朝、ゆかりは吠えた。

「だからなんで遅れるっ!!」

ヒルシュ・ホテルの玄関。小太りの運転手は悪びれる様子もなく言い訳した。

「スタンドでオイルを交換してたら思いのほか時間がかかったんだ」

「それは遅刻してまでやることかっ!!」

「エンジンが焼き付きでもしたら、遅刻じゃすまなくなるじゃないか」

「だったらなぜ昨日のうちにしない!!」

茜が袖を引いた。

「とにかく乗りましょう。話はそれからでも」

「そうだったわさ」

三人はばたばたとCNESのシトロエンに乗った。宇宙飛行士の習慣でシートベルトは

必ず締めて、

「ぶっとばせ！」

「ウイ、マドマゼール」

「英語使え！」

「ラッジャー」

アリアン・ガールズとの共同訓練が始まる朝である。初日から遅刻したら、あの女王様にどんな嫌味を言われるかわからない。訓練だろうが実地だろうが、一分の隙もなく完璧にやりとげてみせたい。少女宇宙飛行士第一号であるゆかりの意地だった。

八時二十七分。刺すような視線を覚悟してブリーフィング・ルームのドアをノックする。

応答がない。ドアを開けてみる。

「……いないじゃん」

部屋は無人だった。

「ここに来いって話だったよね？」

「もう訓練場に行っちゃったのかしら」

その時、背後から快活な声がした。

「やあおはよう！　ゆうべはよく眠れたかい」

ベルモンドだった。ゆかりはそれを皮肉と思い、

「寝坊したんじゃないよ。送迎の車が遅れて」

「遅れて？　誰が？」

「へ？」

「適当に座っててくれ。いま渡すものを持ってくるから」

ベルモンドはいったん部屋を出て、封筒や分厚いバインダーの入った箱を抱えてきた。

「この赤い表紙はオービターのオペレーション・マニュアル。グレーのは君たちが関わる、LEO作業の手順書だ」

LEOとはロー・アース・オービット、地球低軌道のこと。スペースシャトルやSSAのオービターが飛行する軌道はいつもLEOだ。

「そのリングで綴じたやつは潜水シミュレーターのマニュアル。これから実地に教えるけどね。まあ別に難しくはない」

三人はLEO作業マニュアルから読んだ。オービターの基礎訓練はすでにフランス本土、ツールーズにあるアエロスパシアル社の施設で受けている。

ふつう、乗員の訓練は打ち上げ基地ではやらないものだ。月飛行ミッションの訓練施設はやたら大がかりなので用地が確保できず、こちらに建設したと聞いている。ギアナなら土地だけは腐るほどある。

八時五十分、ソランジュが現れた。白いサマー・ジャケットにタイトスカート。大人びた感じにまとめている。

ソランジュはこちらを視野に入れたが、完全に無視して離れた席についた。

九時をまわってから、シャルロットとイヴェットとアンヌが入ってきた。

「すげー重役出勤」

ゆかりは日本語でつぶやいた。

ベルモンドがホワイトボードの前に立った。

「では始めよう」

「ゾエは？」

ゆかりが聞いた。

「ああ……彼女は体調がすぐれないそうだ」

「ふうん」

昨日は元気そうだったのに。

「さて、君たちは昨日まで別々に訓練してきた。今日から始まるＬＥＯパートの訓練は、チームワークがものを言う。人間関係の構築においてもプロの仕事をしてくれると信じている。いいね？」

ゆかりもソランジュも、反応は表に出さなかった。

「では手順書の二章を開いてくれ」

飛行計画の概要はすでにレクチャーされているが、ベルモンドは作業内容をおさらいした。

月飛行用に改修されたアリアンＶＣbisのＬＥＯへの輸送能力は二十トン。西側最大級のロケットだが、アポロ計画で使用されたサターンＶの輸送能力は百二十トンだから、まだまだ圧倒的に小さい。

そこでアリアンＶを二機打ち上げて、ＬＥＯで合体させる。それぞれのロケットでＬＥＯに運ばれるのは、円筒にとんがり帽子をかぶせたような物体だ。

とんがり帽子はオービターで乗員の居住区画になる。直径三メートルの円錐形をしており、この狭苦しいなかで四人が一週間をすごす。月まで片道三日かかる。

円筒部分は推進段とよばれる。本来ならロケットの二段目にあたる部分で、燃料タンクとエンジンから成っている。推進段はＬＥＯと月との往復に使う。

一号機はオービターと推進段の間に貨物モジュールが挟まる。ここには月着陸機や各種の機材、消耗品が格納される。

ＬＥＯ作業をひとくちに言えば、二号機の推進段を切り離し、一号機の後ろに連結する。これで一号機は月飛行モジュールになる。

言葉にするのは簡単だが、推進段は直径五・四メートル、全長十二メートル、質量は十四トンにもなる。これを連結するのは宇宙ステーションの建造作業と変わらない。

アリアン側の四人はそれぞれのオービターで操船と計器の監視。残る一人とSSAの三人は船外で作業する。

一号機〝ポアソン〟にはソランジュとアンヌとゆかりとゾエ、二号機〝ヴェルソー〟にはイヴェットとシャルロットと茜とマツリが乗る。

月飛行モジュールが完成したら、SSAの三人とゾエは二号オービターに乗って地球に帰還する。残る四人はもちろん月に向かう。

「じゃあ、セキスタンスに行こう」

ベルモンドが言った。

「SSAのスーツもそこの更衣室に運んである。封印を確認してくれ」

ACT・5

ジュピター2の北隣り、セキスタンス・ビル。こちらは工場のような飾り気のないビルだった。ここがLEO作業や月面活動の訓練場になる。

その更衣室は――もちろんその名のとおりの部屋なのだが、着替えるのは宇宙服だった。

壁際にあるものを見て、ゆかりは一瞬たじろいだ。

ピンクの甲冑《かっちゅう》が五体、ものものしいラックにおさまっている。

「これが噂の、アリアンのハードシェル・スーツか……」

カーボン繊維かなにかでできているらしいが、NASAの宇宙服とちがってアウトラインは女性そのもの。胸はふくらみ腰はくびれている。関節部分は斜めに切った円筒を重ねた感じ。

「勝手にいじらないで」

後ろで険しい声がした。ソランジュだった。

「見てるだけだってば。そっちこそ、うちのスキンタイト・スーツを調べたりしないでよね。最高機密なんだから」

「興味ないわ、あんなゴム服なんか」

ふんっ。

SSAのスキンタイト宇宙服は、三つの専用コンテナに収めて届けられていた。蓋には封印が貼ってある。それを破り、キーを差し込んで開く。

ヘルメット、アダプターリング、スーツ本体、手袋、靴、コントローラー、バックパック、ジェット・ガン、付属品一式。全部揃っている。

「そっちは。茜」

「ＯＫ」

「マツリ」

「いいよ」

振り返ると、アリアン・ガールズは壁にもたれたり、装置に腰掛けたりしながら、こちらをながめている。興味津々の顔。にやにや笑い。さまざまだ。

ゆかりはままよ、とばかりに服を脱いだ。

スキンタイト宇宙服は「真空に適応する第二の皮膚」といわれる。一糸まとわぬ姿で着用して、厚さ二ミリの膜で首から下の全身を覆う。その膜は真空中でも一気圧の圧力を保ち、断熱し、空気は遮断するが汗は通すという魔法のような機能を持っている。皮膚にもともと備わっている体温調節機能が生かされるから、宇宙服につきものの複雑な冷却機構は必要ない。動きは真空中でも軽快そのものだ。

三人は全裸になると、ゴム手袋をはめる要領でスーツに体を通していった。それから首に特製の接着剤を塗り、アダプター・リングを装着する。リングはヘルメットとのジョイントになる。首とリングの間には気密シールがあり、リングは蛇腹で胸部に結合する。

バックパックを背負い、装備品のベルトを腰に巻く。

コントローラーでセルフチェック。オールグリーン。

よし、できた！

　全身に力がみなぎってくるような気がする。

　最初の頃は恥ずかしかったが、もう慣れた。事あるごとにこの姿が全世界に中継されるのだ。週刊誌の常連だし、写真集や同人誌まで出まわっている。ＳＳＡのコンピュータがハッキングされて五ミリメッシュの全身ポリゴンデータまでネットに流れてしまった。もはや恥じようにも隠すものがない。

　スタイルには結構自信があるし、ゼロＧでの体形変化に最適化されたスーツは、脚を細く絞り、ヒップとバストを持ち上げてくれる。

　さあ、なんとでも言ってみろ、とばかりにゆかりはフランス娘のほうを向いた。

　四人はこちらにやってきた。にやにや笑いは消えていた。

　しゃがんだり、背後にまわったりしてしきりに観察している。

「素敵ね。でも――」

　シャルロットがゆかりの腹部をつんつん突いた。

「破れないかなあ、これ。とがった角に引っ掛けたりしたら」

「破れても空気が噴き出すわけじゃないもん」

「そうか、生地《きじ》で圧力作ってるんだ」

「そそ」

「だけどメテオロイドには無防備じゃないか？」

イヴェットが言った。

「それ言い出したら戦車みたいな服になるじゃん。身軽になったほうがいいよ。船外に出たらぱっと仕事終えてぱっと戻るんだ」

微小隕石との相対速度はライフル銃弾の十倍以上になる。パチンコ玉くらいの物体でも衝突すれば瞬時に気化して爆発し、大穴を開けるだろう。ただし致命的な大きさのメテオロイドと衝突する確率は非常に低い。

「ふうん。潔《いさぎよ》い設計だな」

目先の安全重視がもたらす悪循環をイヴェットは承知しているようだった。

「だけどあたしらのスーツだって充分に身軽だし、NASAのスーツ並みの防護能力があるよ。予備呼吸もいらないし」

「でもいまいちゴツくない？」

「皮膚から外皮まで二センチよ。NASAのみたいにみっともなくないわ」シャルロットが言った。「それに成形はオーダーメイドだから、ラインはばっちり出るってわけ」

と、ウインクしてみせる。

隠すどころか見せたいわけだ。ルックスには自信があるらしい。

確かにそうだ。四人ともグラマーだし脚は長いし、身長百五十センチ台のくせに八頭身に見える。顔ヤセではとても太刀打ちできない感じだ。

「じゃ、早くそっちも着替えてみせてよ」

「ウイ」

アリアン・ガールズは部屋の反対側で服を脱ぎはじめた。下着姿になると、ロッカーからピンクのボディ・スーツを出して全身をぴったりと覆う。

「それもスーツ・システムの一部ですか？」

茜が質問した。

「そそ。熱輸送に配慮した素材なんだ」

「それとさ、お腹と腿の付け根だけはフィードバック・アクチュエータがあるから」

イヴェットが説明した。ハードシェル・スーツのボディはへそのあたりで分割されて、前後に可動する。これがないと身を屈《かが》められないのだ。

だが、腹部や腿のような太い部分を内圧に逆らって動かすのは大変だ。真空中の宇宙服は一平方センチあたり一キログラムの内圧を持つ。ふくらませた浮き輪が畳めないのと同じで、関節が曲がらなくなるのだ。関節を曲げても体積を変化させない工夫はあるが、完全ではない。

そこでアリアンのスーツは、人体の動きを検出してモーターで追従《ついじゅう》する機構を加えた。倍力装置――いわゆるパワードスーツである。人体の動きを宇宙服に正しく伝えるためには、ごわごわした服を着ていてはいけないのだ。

「じゃあ、電力が止まったら固まっちゃうんですか」

「駆動部をフリーにできるから、固まりはしないけどね。まあかなりしんどいな」

　やはりいろいろ複雑になるらしい。

　それからフランス娘たちはハードシェル・スーツ本体の着用にとりかかった。スーツをラックに固定したまま、背中部分を冷蔵庫の扉のように開く。いささかコツがいるようだが、娘たちは奇術師のように内部に潜り込んだ。

　まだヘルメットは装着せず、手首のコントローラーでセルフチェックをする。正常動作を確認すると、ラックから離れて歩きはじめた。

「わー、ジャンヌ・ダルクみたい！」

　茜が声を弾ませる。

　たしかに甲冑に身を包んだ女騎士のような感じだ。着膨れ感はなく、むしろきりりと引き締まって見える。フランスのことだから外見にはこだわったのだろう。宇宙飛行士のアイドル性がいかに重要かはSSAが証明している。

「ねえゆかり、かっこいいよね？」

　こいつは、なんで我が事のように喜ぶ？

「ま、『スター・ウォーズ』の金ぴかロボットの女版ってとこか。でもさ」

　ゆかりは小声で言った。

「あれなら嘘、つきほうだいだよね」

「何が言いたいの」

無視をきめこんでいたソランジュが聞き咎《とが》めた。

「胸とかさ。好きに作れるわけじゃん」

「スーツはすべて体形に忠実に成形されてるわ」

「なんかボディ・スーツの時とちがうような気がするけど。こんなに張ってたっけ」

ゆかりはソランジュの胸をじろじろ見ながら言った。

「ゼロGではこれが最適なのよ」

「それだけ？」

「……乳房まわりは断熱材も厚くなる」

ソランジュはしぶしぶ答えた。

「ほれみー、やっぱり上げ底なんだ」

「私たちは何も隠していないわ。水着写真だって出てる。邪推は失礼よ！」

「あっそう。ごめんね」

相手を動揺させたことに満足したので、ゆかりは引き下がった。

マツリはイヴェットのスーツに近寄って拳で小突いている。こん、こん。

「丈夫そうだねえ」

「車に轢《ひ》かれても平気だぜ」

「ほー。それは重くない？」

「十八キロ。でも肥満児はもっと重い脂肪しょってんだから、へっちゃらさ」

サイズが小さいこともあるが、十八キロといえば船外用の宇宙服としてはきわめて軽い。

アリアンのハードシェル・スーツは既存の技術を最大限に洗練したものといえる。

しかし動作はまだまだ鈍い感じだ。スキンタイトの敵じゃないな、とゆかりは思った。

いまのところ、この魔法の生地を作れるのは世界においてもSSAの化学主任、三原素《みはらもと》子《こ》をおいてほかにいない。この技術を独占しているおかげでSSAは他の宇宙機関より圧倒的な優位に立っている。今回の仕事も、つまりはスキンタイト宇宙服のおかげでもらったようなものだ。

全員でヘルメットをかぶった。どちらも船外活動用だから、透明なフェイスプレートの上に遮光バイザーのついた二重構造をもつ。いまは両方オープンしておく。

ソランジュが壁際のスイッチを押すと、それまで壁だと思っていたものが重々しく左右にスライドした。その向こうには、広大な空間がひろがっていた。

「おおっと……」

アリアンの持ち物に感心するのはやめる方針だったが、ゆかりは思わずうなった。

これは――月飛行そのものより金がかかるんじゃないか？

ACT・6

セキスタンスとよばれる施設の本質は、巨大なプールだった。

地球上でゼロG、つまり無重量状態を長時間再現できるのは水中しかない。宇宙船やタンク類は実物大の模型を作り、大型のプールに沈める。宇宙服はバラストをつけて浮力を中和する。道具類は浮力材をつけて水中に漂うようにする。するとちょうど宇宙遊泳しているような感じになる。

もちろん完全なゼロGではない。水中で逆立ちすれば血は頭に集まる。水の抵抗もある。それでも、プールの中では歩き回れないし、道具を手放すとどこかに漂流してしまう。ゼロG作業の困難をかなり再現できるのだ。

縦横五十メートル、深さ八メートルのプールはさすがに壮観だった。プールの上を造船所のガントリー・クレーンのようなものがまたいでおり、水中の重量物を動かすらしい。天井にはTVスタジオのように無数の照明装置がある。

青い水中には巨大な白い円筒が沈んでおり、海底基地のようだった。

その主要部分を占める推進段は、直径五・四メートル。エアバスの胴体とほぼ同じボリュームだった。

プールサイドにはアクアラングを装着したフロッグマンとベルモンドが待っていた。

「揃ったね。やあ、日本の宇宙服はすてきだなあ。インカムは水中仕様だね？　よしよし。じゃあ水に入ってバラストを調節してくれ」

鉛の錘《おもり》のついたベルトを渡される。これを腰に巻いて、気密バイザーをおろし、水中に続く階段を途中まで降りた。水中で浮きも沈みもしないように錘の数を調節する。

『三人とも浮力はいいかい？』

ヘルメットのなかにベルモンドの声が響いた。すべてOK。

前方を見渡す。青一色の世界。

ビルの二階の窓から飛び降りたような感じ。

水底ははるか下方にあって、ちょっと恐い気がした。高度四百キロの宇宙では平気なんだが。

『ゆかりはソランジュに続いてポアソンに入ってくれ。茜はシャルロットについてヴェルソーに入る』

頭上の水面が割れて、救助隊員のフロッグマンがエントリーしてきた。水深八メートルとなればかなりの水圧があり、急浮上すれば潜水病にかかる。移動するモジュールに体を挟まれる危険もある。訓練中は常に救助隊員が見守ることになっていた。

アリアンのハードシェル・スーツが降りてきた。

「誰が誰だかわかんないよ」

『こっちもだわ』

ソランジュの声。

「ファスナー部分の色で見分けて。ピンクはゆかり、グリーンはマツリ、ブルーが茜」

『私たちは肩のマークで識別する。クイーンは私、イヴェットはキング、シャルロットはビショップ、アンヌはルーク』

チェスの駒をあしらったマークが左右の肩パッド部分にある。ソランジュがクイーンってのはわかりやすいな、とゆかりは思った。

クイーンとキングとビショップとルークがやってきて、二手に分かれる。

『ゆかり、このロープをつたって』

ソランジュが水中を斜めに下降するロープを示した。

ロープをつたってゆくと、オービターのエアロックにたどりついた。オービターの外観はずんぐりした三角錐で、水平に置けばUFOみたいな感じ。たしか、アポロ宇宙船で最後に地球に戻ってきた部分もこんな形だった。

円形のハッチをくぐって船内に入った。水の満ちた内部はSSAのオービターよりふたまわりは広い。立って歩けそうな空間もある。計器盤があり、その手前に担架のようなものが四つ。

「パネルはちょっと安っぽいな」

『これはモックアップで、大部分の計器は作動しないの。細かい操作訓練はプロシージャ・シミュレーターを使うから』

ルークのマークをつけたハードシェル・スーツが入ってきた。これはアンヌ。

『一号機ポアソン、全員搭乗しました』

『ヴェルソーも全員揃った』

『では訓練をはじめよう』

ベルモンドがアナウンスした。

『君たちはいま高度二百キロの軌道にいて、互いに十メートルの距離をおいてランデヴーしてる。まず二つの推進段をポールで連結する作業だ。ＳＳＡの三人は船外に出てくれ』

「はいはい。んじゃ、肉体労働に出かけるか」

ゆかりはそう言って、足で水をかいて外に出た。

『泳いじゃだめ！』

ソランジュの叱声《しっせい》が飛んだ。

『ここは宇宙なんだから、必ずロープか手すりをつたいなさい！』

「わかってますってば、女王様」

まったく。ＳＳＡじゃこんな大仰な訓練なんてやんないぞ。

ゆかりは相手に見えるように肩をすくめた。

ACT・7

一日のしめくくりにはデブリーフィングをした。その日の訓練を振り返って、疑問点や改善すべき点を話しあう。

ソランジュは口うるさかったけど、まあ訓練としてはこんなもんかな――とゆかりが思っていると、茜が挙手した。

「あの、ひとつ疑問があります」

「なんだね？」

「ＬＥＯ作業ですが、連結前に両機をまっすぐに並べますね。その操船は、ほんとうに手順書どおりに進むでしょうか？」

「あたしたちの操船が信じられないってこと？」

イヴェットが言った。操船はアリアン側が行なう。

「そうじゃないんです。マニュアルを調べてみたんですけど、姿勢制御用のバーニア・エンジンはオービターにしかついてないですよね。今回はその後ろに貨物モジュールと推進段がついています。つまりオービターだけであんな大きなものを振り回すのかって」

「確かにレスポンスは悪くなるけど、充分にシミュレーターで訓練してるわ」

ソランジュが言った。

「もちろんそうでしょう。でも――たとえば手順書二章の百三十二番ですが、タンク2とのランデヴー確立に、たった四十五分ですむでしょうか」

「たいていは三十分で終わるわ」

「もし過修正してドリフトが始まったら――」

「それもシミュレーション済みよ。すぐに打ち消せる」

「そうですか……」

茜は釈然としない顔だった。

ベルモンドは一同の顔を見回す。

「ほかに意見がないようなら――」

「言われてみりゃ、順調すぎる気もするな」

アンヌが言った。

「メーカーにシミュレーターの制御ソフトをチェックさせてよ」

「宇宙飛行士からの要請としてかい？」

「そう。当該部分のソースコードと仕様書を用意させて」

「なるほど。ソランジュ？」

「要請を承認します」

コマンダーは凜とした声で言った。ベルモンドは小さく肩をすくめる。この時期にこんな検査が入ると、下手をすれば打ち上げが延期になるかもしれない。だが宇宙飛行士の要請とあれば無視できない。

「わかった。メーカーに伝えておこう」

「回答はいつ？」

「来週中に」

アンヌは無表情にうなずく。デブリーフィングはそれでお開きになった。

玄関で、茜はアンヌに駆け寄った。

「さっきはありがとう。差し出がましかったかもしれないけど、なんだか気になって」

「礼にゃ及ばないし、心配しすぎってこともない」

ぶっきらぼうに言う。

「フランスのシステムってのは信用しちゃだめなんだ」

二人はジュピター2に向かう道を並んで歩き始めた。アンヌはせかせかと早足で歩く。

茜もそれに合わせた。

「いまからやる？」

「え？」

「もう三十分もすりゃ、施設部のオフィスが空《あ》く。そこで調べりゃわかる」

「それってつまり、ハッキング？」

「して悪い？」

アンヌはしれっと言う。茜は強い興味をおぼえた。

「私もついてっていい？」

「好きにすれば」

茜はゆかりたちに、しばらく居残ることを告げた。それからカフェテリアで少し時間をつぶして、訓練施設関連の技術者の集まるオフィスに向かった。

ドアはロックされていた。

ここぐらいは残業してると思ったのに――と茜はひそかに驚く。

アンヌはショルダーバッグから黒い下敷きをとりだして、ドアの隙間に差し込んだ。ドアは簡単に開いた。

「フランスのシステムなんてこんなもん」

アンヌはずかずかと部屋を横切って、パーティションで仕切ったデスクのひとつに腰をすえた。茜も椅子をひっぱってきて横に並んだ。

「この机は？」

「アエロスパシアルのソフト屋」

アンヌはワークステーションを立ち上げ、慣れた手つきでログインした。

「知ってるんだ。暗証番号とか」

「引き出しん中にメモがあったんだ。ここはそんなのばっか」

「…………」

アンヌはキーワードを入れてローカル・ファイルを検索し、エディターで次々に読んだ。めざすファイルは五つめに出てきた。月飛行モジュール・プロシージャ・シミュレーター制御システム。C＋＋言語でコーディングされている。

アンヌはそのディレクトリに移動して、最新のソースファイルを調べた。

「こりゃダメっぽいわ」

「もうわかった？」

「定数が抽象化してない」

「……ほんとね」

「こりゃぜったいバグってるよ。茜、そのへんにアリアンVの仕様書ある？　推進段の構造重量が知りたい。タイプC bisのね」

「わかった」

茜は暗くなってきた部屋で、壁際の書棚を探した。『アリアンＶＣbisの概要』――これか。フランス語の勉強が役に立った。バインダーを抱えてアンヌの横に戻り、モニターの光で読む。

「ええと、二段目は四・三八六トン」

「合ってる」

「推進剤質量は考慮してる？」

「それはやってるね。さすがに」

「じゃあ……」

「モーメント・アームか」

「月飛行用の推進段は普通の二段目より長いんだ！　一号機は貨物ラックがはさまるし」

「そいつが臭い」

小さなとんがり帽子が大きな円筒を振り回す、その力が足りないのではないか。

それが茜の疑問だった。質量が等しくても、短いより長い棒を振り回すほうが大きな力が要《い》る。長さが間違っていれば、シミュレーターの応答性も変わってくる。

「えっと、慣熟マニュアルに図面が。ちょっと待ってね」

茜は自分が使っているのと同じ装丁のマニュアルを持ってきた。

「これね。貨物ラックに三・八メートル。推進段は重心まで八・七メートル」

「ビンゴ！　やっぱりバグってた」

茜は画面を覗き込んだ。アンヌはその部分をカーソルで示す。

「ほんと。でもどうする？　ここに忍び込んで調べたって報告する？」

「向こうが気づくのを待てばいい」

「そんな悠長なことでいいかな」

「待つ間にこっちは新バージョンでやるさ。とりあえずバグ取って実行ファイル出す」

アンヌは新しいファイルを作り、修正を加えてコンパイルした。実行ファイルはLANを通してシミュレーターの制御コンピュータに転送する。

「でも新しい手順を検討するなら、ベルモンドさんに知らせないと」

「話すさ。あいつは話わかるから」

アンヌはこちらを向くと、にっと笑った。

「そっか」

茜もにっこり笑った。

茜はアリアン・ガールズの誰かと、はじめて心が通《かよ》ったような気がした。

「これで訓練しなおして――オービターだけでモジュール全体を振り回すのが無理となると、どうすりゃいい？」

「私たちがモジュールの末端にとりついて、ジェット・ガンを噴かしたら」

「SSAってのはなんでも人力で片付けるんだな」

「人使い荒いから」

二人はくすくす笑った。アンヌはめまぐるしくキーを叩いてプログラムを追加した。

「モジュールのあっち側に力点をおけるようにしといた。これで〝ジェット・ガン補助〟姿勢制御の訓練ができる」

「すごーい」

「ソランジュの奴がどう言うかってとこはあるけどな。そうだ、ついでにあれもしとこう」

アンヌはそれまでのファイルをすべて閉じて、別のコンピュータに侵入した。

「メディカル・データ？」

「ソランジュとイヴェットのやつだ。こいつにちょいと細工する」

アンヌはソランジュの体重記録を二キロ減らした。

「だめよ、そんなのすぐばれるわ！」

「このデータは医者は見ないんだ。見るのはペイロード管理者」

「……………？」

「ペイロード管理者は装備と乗員の質量を合計して、あとどれくらい余裕があるかを設定する」

「それって問題あるんじゃ」

「二キロくらいなら飛行には影響しないよ。で、体重が二キロ減りゃ、そのぶん月に持っていける私物が増えるってわけ。二人は月面に降りるメンバーだから」

「私物ってどんな」

「それは着いてのお楽しみ」

アンヌはまた、にっと笑った。

ACT・8

翌日はプールには行かず、一行は朝からプロシージャ・シミュレーターに取り組んだ。

これは普通の模擬操縦装置で、ゆかりたちもツールーズで使った。三人がオービターを操縦することはないが、乗客になるだけでもハッチの開閉や無線機の操作、緊急時の対処法は知っていなければならない。

プロシージャ・シミュレーターは手順書にそって細かい作業——プロシージャを実行する訓練をするから、実機そっくりに作ってある。ゼロGは再現されないが、船体を回転させれば計器はそのとおりに反応するし、窓の外の地球や月も動く。

シミュレーターにソランジュ、イヴェット、シャルロットが搭乗した。

SSAの三人とアンヌ、ベルモンドは管制室にいる。ゾエは今日も欠席だった。

管制室にはワークステーションが三台とモニターテレビが並んでいた。モニターには広角レンズを通したキャビン内部が映っている。三人が入ってきて、担架型の座席に横たわったところだった。

アンヌはワークステーションに向かい、ヘッドセットをはめた。

「いい？　あんたたちが乗ってるのはポアソン。二十メートル離れて二号機の推進段が浮かんでる。上の窓から見えるはず」

モニターの中で、三人は天井方向を見上げた。

「手動操縦でそいつと一直線に並べてみて。誰からいく？」

『私がやるわ』

ソランジュが操縦桿に手をかけた。ベルモンドがストップウォッチを押す。

ワークステーションの画面の中、線画で表示されたポアソンが回転しはじめた。

「レスポンスはどう？」

『重いけど……なんとかなるわ』

「お手並み拝見」

アンヌはマイクを切ってつぶやいた。

「トランスレーションで焦るよ、絶対」

宇宙船の動きには回転《ローテーション》と移動《トランスレーション》の二種類がある。前者はその場で首を振るような動き、後者は向きを変えずに位置をスライドさせる。

オービター・ポアソンはいま、貨物モジュールと推進段を連結して長い棒のようになっている。棒の一端を押して回転させることはできるが、平行移動させるのはいかにも苦しい。その駆動には、オービターの各部に取り付けられた小さなバーニア・エンジンしか使えないのだ。

案の定、ソランジュは苦戦しはじめた。思うように船体が動かない。平行移動するつもりが、どうしても回転が混じってしまう。

小一時間ほどして、ソランジュは憔悴《しょうすい》した顔でシミュレーターを降りてきた。イヴェットとシャルロットもこちらに来る。

「納得した？」

「信じられないわ。こんな重大な欠陥がいままで放置されてたなんて！　関係者に厳重注意すべきだわ！」

ソランジュは怒りをあらわにした。

茜が指摘するまで自分だって気づかなかったじゃんか――とゆかりは思ったが、黙っていた。

「どうすればいいか、考えてみようじゃないか」

ベルモンドが言った。

「推進段にもバーニア・エンジンをつけるべきです。オービターと連動するものを」

「いまからその改修をするのは間に合わないと思うね。打ち上げを延期するなら別だが」

それでは中国の採掘ロボットに先を越されるかもしれない。

「私たちが、推進段をジェット・ガンで推すしかないと思います。効果を計算してみたんですが――」

茜はそう言って、昨夜ホテルでまとめた計算書を取り出した。

ジェット・ガンはスプレー缶のようなもので、宇宙遊泳での移動に使う。構造は簡単だが、これもロケットエンジンの一種にはちがいない。

「ジェット・ガンの推力は弱いですが、推進段の後端で使えば効き目はすごくあるんです。もちろんオービターのバーニア・エンジンと連動させるんですが。オービターだけの場合と比べて、レスポンスは五倍もよくなります」

「どうやって連動させるの」

ソランジュはいぶかしげだった。

「パイロットの合図で、噴射すれば……」

「そんな原始的なやり方じゃ迷走したあげく二号機と衝突するのがオチよ！」

「ちょっと、そんな言い方ってないでしょ」

ゆかりはソランジュの前に出た。

「茜はさ、ゆうべ遅くまでかかって計算してきてるんだよ。頭ごなしに原始的だなんて言ってもらいたくないね」

「ゆかり、私は別に――」

茜が袖を引いたが、ゆかりは止まらなかった。

「こっちが信用できないってんなら自分らだけでやればいいじゃん。せいぜい操縦の特訓でもしてみれば」

「そうさせてもらうわ。ＬＥＯ作業をこれ以上野蛮にするのはまっぴらだから！」

「あたしらのどこが野蛮だってのさ！　後発が大きな口きくんじゃないよ！」

「まあまあ、二人とも。前向きにいこうじゃないか」

「あのさ」

アンヌが言った。

「ジェット・ガンでサポートした場合のシミュレーションもできるようにしといたんだ。それで試してみたら」

ソランジュは怒りに歪んだ顔でアンヌを睨んだ。

「すべてお見通しってわけ？」

「力学的にはね」

それから午前中いっぱいかけて、ジェット・ガンとの連動が実験された。操縦者の合図にあわせて、ゆかりはワークステーションのマウスボタンを押した。それがジェット・ガンの噴射のかわりだった。結果はコンピュータがただちに計算し、シミュレーターに反映した。

効果は上々で、予定時間内にやすやすとドッキング姿勢をつくることができた。

最後にベルモンドがコマンダーに手順変更の許諾を求めた。

ソランジュは憤懣《ふんまん》やるかたない顔で、「承認します」とだけ言った。

第三章　リタイヤ

ACT・1

週末をはさんで、八日目のブリーフィング。

ベルモンドは今日もゾエを待たなかった。ゆかりはのっけに質問した。

「ゾエはどうなったの？　みんな知らないって言うけどさ」

室内の空気が、ふいに緊張した。

ベルモンドは鼻をこすりながら、あいまいに答えた。

「ああ……それはちょっとした健康上の理由なんだ」

「打ち上げまであと一ヵ月だってのに、それでいいの？　ゾエとはいっしょに船外活動するんだし、そのあと二号機であたしたちを地球に連れ戻す役だよ？」

「それについては、もうしばらく様子を見て考えるつもりだ」

「もしゾエがリタイヤしたら誰が二号機のパイロットになるのさ。月に行くメンバーが一人減るってこと？」

「それも検討しなければならないだろう。いずれにしても今は答えられない」

「今日の訓練はどうすんの。船外活動を三人でやるのか四人なのか、どっちを想定すりゃいいのかさ」

「うーん……」

ベルモンドは自分の顎をかかえて、しばらく考え込んだ。

「よろしい、とりあえずゾエが戻るまではシャルロットに代役をしてもらおう」

「えーっ!!」

けたたましい声。

「あたし、月に行けない組になるのぉ!?」

こいつ、月旅行なんかどうでもよかったんじゃないのか？

ゆかりはいぶかしんだが、すぐに答をみつけた。シャルロットは居残り組に混じるのがかっこ悪いと思ってるんだ。

「いやいや、訓練の穴埋めとしてだよ」

「ほんとだろーね？」

「心配いらない。少なくともゾエの穴埋めが君だなんて決まっちゃいない」

「ならいいけど」

二時間後。ゆかりとシャルロットは水深八メートルのプールの底で、連結ポールをつかんでいた。

根元のハンドルを回すと、ポールはロッドアンテナのように伸縮する。これで一号機と二号機の推進段を結び、ゆっくりと距離を縮めて両者を結合する。

二号機にシャルロット、一号機にゆかりがとりついていた。シャルロットがポールをこちらに伸ばしている。

『あーん、届かないよ。ソランジュ、もっと船を寄せられないかなあ？』

『この位置で届くはずよ』

「大丈夫、届くってば、シャルロット」ゆかりも言った。「もうひとつ先の足場に移動すればいい。体をタンクにそわせて、三点確保して――」

『もう、こっちはそんなに身軽じゃないんだからね！』

「知ってる。だからあわてないでさ」

シャルロットは不機嫌だった。タンクの反対側で同じ作業をまかされたマツリと茜はとっくに連結を終えている。シャルロットのもたつきが作業進行の足を引っぱっていることは、本人にもわかっていた。

「オーケイ、いいよ——つかんだ」

ゆかりはシャルロットが伸ばしたポールの先端をつかんで、推進段の表面にある小さなジョイントに差し込んだ。カチリ、と手応えがあった。

「左舷側も連結完了」

これで二つの推進段は四本のポールで結ばれたことになる。あとは各ポールに一人ずつ移動して、同時に縮めればいい。

「じゃあ全員、ポールの根元に移動——」

そのとき、インカムに「あぐっ」という声が流れた。

「誰？　シャルロット？」

シャルロットのハードシェル・スーツが、体をくの字に折っていた。フェイスプレートの内面に白いものが張りついている。

「レスキュー来て！　シャルロットが嘔吐《おうと》した」

船外活動中の嘔吐は命にかかわる。

ゆかりはポールをたぐってシャルロットのそばに行った。ひどくむせている。背中をさすろうかと思ったが、硬い宇宙服の上からでは無意味だった。

「あわてないで、ゆっくり呼吸して」

フロッグマンが二人来て、両側から宇宙服の腕をつかんだ。ゆかりは足首の固定具を外した。

「いいよ、上げて」

シャルロットは水面に引き上げられていった。ハードシェル・スーツなら急浮上しても減圧症の心配はない。

ゆかりは近くの梯子《はしご》まで泳ぎ、ゆっくりと水面に向かった。

プールサイドに上がったとき、シャルロットはもう宇宙服を脱がされて横になり、タオルで顔をぬぐっていた。片膝をついたベルモンドがなにか話しかけたが、興奮してうまく答えられないようだった。

距離をおいて、イヴェットとアンヌとソランジュが見守っている。

シャルロットはよろよろと立ち上がった。

顔色は驚くほど蒼い。白人だとあんなに蒼くなるのか、とゆかりは思った。

ベルモンドがつきそって、エレベーターに向かう。

「彼女は大丈夫だ。念のため診察室につれてゆく。君たちはできる範囲で訓練を続けてくれ」

「どうやって」

刺すような声が響いた。ソランジュだった。

「誰が何をするの。三人で何ができるの」

耳障りな音がして、なにかが床に転がった。

ゆかりは息をのんだ。ソランジュのヘルメットだった。

訓練用のノンフライト・モデルでさえ、ヘルメットは宝物のように扱うものだ。それは一千万円を下らない高価な装備であり、なによりも宇宙飛行士のシンボルだった。

ベルモンドが初めて険しい顔を見せた。

「ソランジュ、いま君がしたことは——」

「いらないもの」

「どういう意味だね」

「おしまいってこと。そうでしょう？　行けっこないわ！　わかりきったことだった。月は、行こうと願いもしない人間が行けるところじゃない！」

「ソランジュ」

「ボーイハントに明け暮れる尻軽娘が月へ行こうなんて——こともあろうに——傑作だわ！　あはははははは！　本気で考えてたの？　シャルロット？」

ソランジュはけたたましく笑った。それからシャルロットに迫った。

「こっち向きなさいよ。泣いてるの？　何が悲しいの？　わかっててしたことでしょう？　答えなさいよ！」

「よさないか、ソランジュ」

「誰とでも寝ればいいわ。あなたにはそれが素敵な人生なんでしょうよ！　ついでに月にも行ってみる？　女ばっかりじゃうんざり？　それなら――」

乾いた音がした。

部下の前でリーダーを叱る危険を、ベルモンドは承知していた。

だがいまは、その危険をおかす時だった。

頬を打たれたソランジュは、ひるむことなく相手をにらみ返した。

あのときと同じ目だ、とゆかりは思った。

殴りあいにはならなかった。ソランジュは急にまわれ右して、更衣室に向かった。

「全員、装備を解いてブリーフィング・ルームに集まっててくれ。僕も後で行く。話し合おう。きっといい手が見つかるはずだ」

そう言うと、ベルモンドはシャルロットを抱くようにしてエレベーターに乗った。

着替えの間、イヴェットとアンヌは黙りこくっていた。ソランジュとは距離をおき、目を合わせようとしない。

月飛行は四人で行なう。ソランジュとイヴェットが月面に降下し、アンヌとシャルロットが月軌道のオービターに残る計画だった。

月面活動を終えて、軌道に戻った二人はオービターとランデヴーしなければならない。これは双方が微調整しなければならないので、それぞれに飛行士が二人つく。五人が三人になったことは、致命傷といってもよかった。

自業自得ではある。

いい気味だ、とゆかりは考えようとした。ソランジュが言ったとおり、人生を楽しんだツケがまわったのだ。宇宙飛行士に選ばれたとたんバラ色の人生が送れるなんて、そんな甘いもんじゃない。

だけど――この惨めな、おもしろくない気分はなんなのだろう？

沈黙がつらくなったので、ゆかりは小声で言ってみた。

「日本じゃこういうときは、クラスのみんなでカンパするんだけど」

「同じだね」

イヴェットがうなずいた。

「だけど今のオレたちならポケットマネーでやれる」

「公然とはやれないけどね」

これはアンヌ。

「このギアナでも？」

「もちろん。海外県だから特別ってことはない」

「ほい、なんの話してる？」

「つまりだな、シャルロットが妊娠したって話」

「ほー、それはめでたいね！　お祝いしよう！」

マツリのこういう反応には免疫がある。ゆかりはむしろ、茜がいま初めて顔色を変えたのに脱力した。

「茜さあ、連中の反応見ててわかんないかな。あれが二日酔いに見える？」

「じ、じゃあその――公然とできないっていうのは……」

「妊娠中絶。フランスはカトリックの国だから」

「そうか……」

中絶手術は国外でやるか闇医者にかかるしかない。堕ろしたとしても完全に回復するまで三週間はかかる。歩き回るくらいならいいが、プールを使うような激しい訓練はできない。

「じゃあ、どっちにしてもミッションには参加できない――」

茜の顔に、また驚愕が浮かんだ。

「それってゾエも!?」

「たぶん――ていうか、この感じだと九十九パーセントまちがいなく」

「じゃあ打ち上げは延期？」

「そうもいかないんだ」

イヴェットが言った。

「中国が無人の採掘ロボットを打ち上げるって噂は聞いてるだろ。来月、ギアナから月へ、オレたちの〝窓〟が開く。それを逃すと二週間後に中国からの〝窓〟が開く。このときに打ち上げられたら、もう追いつけない」

窓とは出発可能な時間帯のこと。月は楕円軌道をめぐっており、軌道面は地球の赤道面と斜交しているので、条件が合わないとエネルギーを大きくロスすることになる。準備が整ったからといって、いつでも出発できるわけではないのだ。

「中国のロボットって、ほんとにちゃんと動くのかな」

「五分五分ってとこね。だけどこのレースに負けたらあたしたちは世界の笑い者になる。小娘に宇宙飛行を仕込むより、中国製のロボットのほうがましってことで」

それは――くやしいじゃないか。

ゆかりは急に血が騒ぐのをおぼえた。

小型軽量でルックスがいいというだけで宇宙飛行士がつとまるわけじゃない。同じくらいの体格の男だっている。だけど公衆電話ボックスほどの空間に何日もぎゅうぎゅう詰めになって番狂わせの多い複雑な仕事をこなすなんてことは、誰にでもできることじゃないんだ。それがロボットに負けるなんて。

ばたん。

着替えを終えたソランジュが、更衣室を出ていった。

アンヌは肩をすくめて、その胸中を代弁してみせた。

「アリアンの大計画とフランスの威信、放蕩《ほうとう》娘どもの前に瓦解《がかい》す。無念なり」

「茶化すなよ」

イヴェットが低くたしなめた。

「あいつの夢なんだから。月は」

ACT・2

玄関を出ると、ゆかりはソランジュの姿を探した。ソランジュはジュピター2への歩道をそれ、駐車場のほうへ歩いていた。

ゆかりは小走りに後を追った。足音にソランジュが振り返った。

「フケようっての？」

「私の勝手でしょ」

ソランジュは自分の車めざしてどんどん歩いてゆく。ゆかりは横に並んだ。

「まだ三人いるじゃん。アポロだって三人でやったんだよ。なんとかなるって」

「LEO作業のあと、あなたたちを帰還させるパイロットが一人要るわ。月に向かうのは二人になってしまう。百歩譲ってオービターを一人で操縦するとしても、月着陸にはどうしても二人要る」

「帰還ぐらいあたしらだけでやるよ。シーケンサーのボタン押すだけでしょ」

「再突入の最も危険な部分は地上から支援できないわ。どんな故障があるかもしれない。ハッチの開け閉めと脱出訓練をしただけのあなたたちには、とてもまかせられない」

「これから訓練するって」

「あと一ヵ月でそんな大きな手順変更ができると思う？　帰還だけじゃない、月まで七十時間、シフトを組み替えるのだって――」

「それでリーダーのつもり？」

　ソランジュは立ち止まり、こちらを見た。

「私が無責任な判断をしているとでも言うの？」

「じゃなくて、そやってできない理由ばっかり並べるなんて、リーダーのするこっちゃないよ」

　ゆかりはたたみかけた。

「トラブったとたん自分がまっさきに降参して、メット投げて逃げ帰るわけ？」

の！」

「私は——私はチームに愛想がつきただけ！　やる気のない人間にどうしろって言う

「やれ」

「やれ？」

『やれ！』って言うんだよ。トラブルが起きたら、みんなが絶望してたら、めげるな、やれ！　ってぶちかますのがリーダーじゃないの！　シャルロットを罵倒したのはいいよ。ちょっとかわいそうだけど——まじめに仕事しない奴は出てけ！　ってかますのはさ。だけどいっしょに自分までへこたれてどうすんの。あたしらだけでやる！　ってタンカ切るだんだよ。それがリーダーってもんだろ。細かいことは知恵のある奴にまかせりゃいいんだ」

「それがあの着陸だったってわけね」

ソランジュは軽く受け流した。再び背中を向け、歩きはじめる。

「エアバスのこと？　いいじゃん、全員助かったんだから！」

「月飛行はちがう。カミカゼ式の蛮勇で乗り切れるほど甘くないわ」

ソランジュは白いルノーのドアを開け、助手席にハンドバッグを投げ込んだ。キーを差し込み、エンジンを始動する。

「待ちなよ」

ゆかりはドアを開いて立ちはだかった。ソランジュはいらいらとその腕を払いのける。

「邪魔しないで。もうほっといて！」

「あたしだってかれこれ二ヵ月関わったんだ。簡単にやめられちゃたまんないんだよ！」

ソランジュが敗北主義に逃げ込もうとしているのが、ゆかりにはわかっていた。

自分にも身におぼえがある。宇宙飛行にはいろんなリスクがある。自分でも把握しきれないほどの危険が。それは自分や仲間の命にかかわる。安全第一でありたい。

だけど宇宙飛行というやつは、気軽に中止しちゃだめなんだ。一度の宇宙飛行に何百、何千という人が関わっている。自分の知らないところに、その飛行に生涯を賭けてきた人が必ずいる。それは帰還のあと、廊下やパーティ会場や整備工場の片隅で、はにかみながら、そっと握手を求めてくるような人たちだ。その笑顔と涙は忘れられない。

前進か退却か。宇宙飛行のシステムは、決断の重圧を飛行士にかけないよう工夫をこらしている。そうした思いやりが、かえって飛行士を苦しめる。ベルモンドは事あるごとに宇宙飛行士の意見と承認を求めるが、それにはなにか茶番めいたものを感じる。

だけど、たとえアイドル歌手みたいな飛行士でも、一人ぶんの人格はある。その言葉が、行動が、すべてを葬ってしまうこともできるのだ——大勢の人々の夢を。自分自身の夢を。

「いま帰ったら、あんたが月飛行を終わらせたことになるよ」

「馬鹿な！」

「シャルロットじゃない、最初に絶望したのはあんただもん」

ソランジュはキーを抜き、憤然と車を降りてきた。

ゆかりは一歩後退して身構えたが、ソランジュは目の前を通過してどんどん歩いていった。ジュピター2への歩道を、早足で、まるでゆかりを引率するかのように、ソランジュは歩いた。

ブリーフィング・ルームに入ると、ほかの四人が待っていた。

「ゆかり、いま話してたんだけど」

茜が言った。

「二号機は私たちだけで帰還すればいいよね？」

「それだ」

「まだ三週間もあるし。私たちだけちょっと残業してプロシージャ・シミュレーターで特訓すれば」

「マツリもいい？　それで」

「ほい」

「よし、決まりだ」

ソランジュに口出しする隙を与えずに、ゆかりは仕切りにかかった。

「月でやることは変わんないよね。ＬＥＯ作業の手順はちょっと変えないとだめ。そっちにも船外活動してもらうよ。操船一人、外に二人。ちょっと聞いてる、フランス？」

フランス娘たちはなにやら気まずい顔をしている。

「どしたの？　イヴェット？」

「いや……うちのオービターにそっちだけで乗って帰るってのはなあ」

「そんなにじゃじゃ馬なの？　アリアンのオービターって」

「別にそうじゃないけど。なんつーか……」

なおもイヴェットは言いよどむ。

「なんなのさ」

「つまり……たった三週間であれに乗られると、こっちの立場がないっつーか」

ゆかりは脱力した反動で大声を出した。

「んなことにこだわってて月に行けるかっ！」

「いやまあそれは。だけど万一ってこともあるし……」

「あのねえ、ＳＳＡってのは出前迅速、ＩＣＢＭ並みの即応態勢で宇宙飛行やってんだから、一夜漬けでマニュアル暗記して朝には打ち上げなんてザラなんだ。やれって言われりゃなんだってやるから、どーんとまかせてくれりゃいいんだってば！」

ベルモンドが入ってきた。

「にぎやかだね」

「どうだったの、シャルロットは」

「まあその──簡単な検査をしてみたんだが、陽性だったよ。九週間だ。みんなにすまないと言っていた」

「ちなみにゾエは」

「おおむね同じ状況だ。彼女は産みたいと言ってる。もちろん胎児を宇宙線にさらすわけにはいかない。そうでなくて……つまりいますぐ処置すれば打ち上げに間に合わないことはないが、どのみち訓練スケジュールがこなせない。したがって──」

「こっちは話がまとまったよ」

ゆかりは変更案を説明した。

ベルモンドは安全規定に抵触する部分を列挙したが、この場は宇宙飛行士の意見をまとめることに徹したようだった。いつもどおり、ソランジュに承認を求める。

「……ふむ。それでいいのかね、ソランジュ？」

ソランジュはためらっていたが、やがて言った。

「それしかないでしょう」

「LEO作業はどうするね？　船外に四人、一号機と二号機の操船にそれぞれ二人つく予定だったが」

「一号機はアンヌ、二号機はイヴェットが操船して、私が船外に出ます」

「操船は一人か。かなりの綱渡りだな。飛行安全委員会が許すかどうか」

「それで月飛行は可能になるんです」

「わかった。上層部にはかってみよう」

ACT・3

有人飛行事業部長のフランクールは〝シシリアン〟とあだ名されていた。上背《うわぜい》はないが顎が角張《かくば》っていて、細身の葉巻を横っちょにくわえた姿はギャングめいたところがある。

この男がアリアンの有人月飛行計画を牽引《けんいん》してきた。

ベルモンドが報告すると、フランクールはその場で幹部会議を召集した。

説明を受けると、四人の幹部は口々に悪態をつきはじめた。

「ゾエの次はシャルロットか！　このままじゃ全員リタイヤするぞ！」

「娘たちから車を取り上げるべきだ。そして夜間は外出禁止に」

「そんなことをしたら、たちまち任務をボイコットするだろう。娘どもは我々の弱みを握っているし、それを自覚している」

「まったく……いまどきの娘ときたら」

「今も昔もだよ。娘はふつう、恋するか勉強しているものだ。宇宙飛行はしない」

「SSAはどうなんだ。なぜあんなに身持ちが堅い？」

「勤勉なんだろう。日本人だから」

ごほん。

フランクールは咳払いひとつで雑談を封じた。

「欠員はどうする、ベルモンド？」

「SSAの三人は自分たちだけで帰還する――これは本人たちからの提案ですが、私もそうするしかないと考えています」

「装置がすべて正常なら、とりたてて難しい操作はいらないな。しかしトラブルが発生したら？」

「軌道離脱の噴射をしたら、どのみち機械まかせです。その噴射が始まるまで月飛行モジュールをそばにおいて、経過を見守らせればいい。もしうまく点火しなければ、フランス人クルーが移乗して復旧する。最悪、月飛行はキャンセルされるかもしれませんが、殉職者が出るよりはましです」

「それはそうだ」

フランクールは言った。

「だがLEO作業中の操船を一人にまかせるのは反対だな。ポアソンはこれまでどおり二人で操船させて、ヴェルソーのイヴェットを船外活動に参加させたほうがいいだろう」

「それだとヴェルソーは無人になりますが？」

「ＬＥＯ作業中、ヴェルソーは仕事がない。そばに浮いていればいいんだから、地上から遠隔操作して位置を保つさ」

「至近距離で位置を保つのはかなりデリケートな操船です。遠隔操作でそれをやった実績はありませんが？」

「今回で実績を作るんだ。ポアソンは例の、人力支援の操船をやるんだろう？　パイロット一人じゃ無理だ。月飛行も三人でやるのは承認できんな。安全規定に反する。船外活動も操船も常に二人一組で活動する。これは必要から生まれたルールだ」

「単独飛行になるのは、月周回のたかだか数時間ですが」

「時間は問題じゃない。月着陸組とのランデヴーに補佐が一人ほしい。パイロット一人ではトラブルに対応できない」

　フランクールがここまで言うからには、考えがあるのだろう。ベルモンドも考えた。いま使える宇宙飛行士は六人。そのうち四人を月に送るとなれば――

「ＳＳＡから一人、月飛行に加えろとおっしゃる？」

「彼女たちは経験豊富だし、こみ入った仕事でもすぐマスターするというじゃないか」

「それはそうですが……」

「ＳＳＡで一番優秀なのは誰だ」

「総合成績ではゆかりです」

フランクールは苦い顔になった。

「ソランジュと犬猿の仲だな。次は誰だ」

「茜でしょう。体力と度胸に欠けるところはありますが、記憶力や理解力はゆかり以上です。人間関係も良好ですし。特にアンヌとは気が合うようです」

「よし、では茜を月に連れていこう。ＳＳＡとはこれから交渉する。なに、那須田はふたつ返事でＯＫするさ。ＳＳＡの顔が立つわけだからな」

「しかし……ゆかりがどう思うか。ＳＳＡでは彼女がリーダーですから」

「どう伝えるかは君に一任する。往復一週間の飛行だ。チームワークを重視することはゆかりだってわかるだろう」

「それはまあ」

ベルモンドはうなずくしかなかった。嫌な仕事ができてしまった。

「日本人を三人ともみっちり仕込んでくれ」

「わかりました」

フランクールは飛行計画部長をにらんだ。

「異議あるかね？」

「いえ」

「よかったじゃないか、ええ？　月飛行を三人でやるなら、五百ページの手順書を刷りかえなきゃいかんところだ」

「そう思っていたところです」

「だが茜のために英訳版は用意しろ」

「わかりました」

最後にフランクールは総務部長に指令した。

「ゾエとシャルロットの妊娠はごまかせ。マスコミはいろいろ詮索するだろうが、とにかくシラを切り通すんだ。たとえ本人が告白してもだ」

「わかりました」


一方的に会議をお開きにすると、フランクールはソロモン諸島に電話をつないだ。現地は午前一時だがフランクールは遠慮しなかった。二分ほどで相手が出た。

『那須田だ』

「三浦茜を月に連れていきたいがかまわんかね？　月周回軌道までだが」

『そうこなくっちゃな』

やはりふたつ返事だった。

「うちの子守りは、ゆかりをさしおいて茜を指名するのはどうかと言ってる。そうかね？」

『まあ大丈夫だろう。ゆかりは親分肌で、茜のことは大事にしてる。この意味わかるか？』

「暗黒街のギャングの友情みたいなものか？」

『そんなところだ。あれで子分には面倒見がいい。荒れたりはせんさ』

「それを聞いて安心した。それから月で万一のことが起きても、お互い恨みっこなしでいきたい。いいかね？」

『いいさ。保護者にはこっちから話を通しておく。なあに、茜を連れていけば生還率は一桁アップする。体は弱いがあの娘は逸材だぞ』

ACT・4

その宵、三人が連れていかれたのはカイエンヌの「シャンシャン」という中華料理店だった。中華料理店は世界中どこにでもある。この店も極彩色《ごくさいしき》の店構えだった。

「日本料理があればよかったんだけどね。でもここは美味いって評判なんだ。北京、広東、上海、四川、それにベトナム料理もありだ。メニューは読めるかな。中国語もついてるが。

「飲茶《ヤムチャ》やってる？」

ペキンダックはどうだい？　遠慮しなくていい」

ゆかりが聞いた。午後九時ともなると、ディナーだけになる店も多い。ベルモンドはウェイトレスを呼び止めてフランス語で尋ねた。

「できるそうだ。ええと、まずお茶を選ぶんだったかな」

「ポーレイ」

ゆかりは即答した。三人で飲茶するときはいつもこれだ。

「すぐに料理が来るよ。ところで低温試験部に君たちのファンクラブができたのを知ってるかい？　フランスの男は東洋の美少女に弱くてね。つきまとって迷惑をかけたりしてないだろうね？」

ベルモンドはやけに愛想がよかった。

「それはないけど。――で、なんなの？　急にディナーおごるなんて」

「いやなに、君たちの仕事が増えたんで、労をねぎらおうと思ってね」

「ふうん……」

見守っていると、ベルモンドはそわそわしはじめた。あたりを見回し、点心の載ったワゴンを呼びつけた。

「ええと、何がいいかな」

「ハーカウ、シーザアパイガ」

「ハースイコウ」

「ユイタン、マッユイユン」

ベルモンドは肩をすくめて、

「慣れてるんだね」

「ソロモン基地のまわりで御馳走ったら中華しかないから」

「なるほど」

また会話が途切れた。ゆかりはじっとベルモンドを見た。

「なにか顔についてるかな？」

「ううん」

「じゃあなんで見るんだね？」

「見ちゃ悪い？」

「そんなことはないが……」

茜とマツリもベルモンドを見た。

「な、なんだい。東洋の美少女に三方から見つめられると、僕だって落ちつかないな。誘惑に負けそうだ。ははは」

「バッド・フェイスがでているね」

　マツリが言った。

「なんだいそれは。易学《えきがく》かな？」

「悪い精霊が顔を変えているんだよ。気をつけたほうがいいね」

「それは、気をつけないとどうなるのかな？」

「痛い目にあうよ」

　ベルモンドは一瞬ひきつった。そのあとも、眉間《みけん》のしわは消えない。

「なんなのさ」

　ゆかりが言った。

「言いにくいことがあるんでしょ。その凶相に書いてある。あててみようか」

「あ、ああ」

「実はイヴェットも妊娠してた」

　ベルモンドはどうっと息を吐きだした。

「はずしたか。じゃ、アンヌ？　まさかソランジュってことはないよね？」

「いいかい、フランスのリセエンヌのすべてが妊娠するわけじゃないんだ。――わかった、話すよ。君たちの提案を幹部会議にはかったんだが、月飛行は四人でないとだめだというんだ。それで、どうせオービターの操船を特訓するんだから……つまり、君たちのうち誰か一人を月飛行に参加させようということになった」

三人娘は動きを止めた。

「月面まで行くわけじゃない。オービターにとどまって、軌道周回するだけなんだが――

――」

「まじ？」

「ほんとですか!?」

「ほほー」

「ＳＳＡからはすでに承諾を得ている。もちろん、本人の意志は尊重するということだ。それで、つまり、誰が行くかということなんだが……」

六つの視線の焦点で、ベルモンドは脂汗をうかべていた。

「幹部会議では、チームワークを重視せよという意見があった。往復一週間、せまいキャビンにとじこめられるわけだからね。そこに険悪な関係があってはならない。宇宙飛行士ならわかるだろう？」

ベルモンドは、本来なら第一に指名されるはずの飛行士を見た。

「君は――ソランジュと親しく話をしていないようだね、ゆかり」

「そうね」

「でも」

茜が言った。

「でもゆかりは、今日だってソランジュと二人で話したんです。ソランジュが帰ろうとするのをひきとめて」

「ちがうって。親しくなんか話してないよ、茜」

「でも、駐車場のほうへ行ったのをとめたでしょう。私、見てたもの。話は聞こえなかったけど、絶望しかけてたのをはげまして――ほんとです、ベルモンドさん！」

「サボるなって言っただけだってば。あのね――」

ゆかりはベルモンドに向かって、

「あんなマリー・アントワネットの生まれ変わりみたいなのと一週間もいっしょなんて、こっちからお断りだわ。月に行くなら茜かマツリだね。どっちがご指名なの？」

「会議では、つまり……茜に行ってもらおう、ということになった」

「――！」

茜は目を見開き、それから両手で顔を覆った。声が出ない。

「いいんじゃない？」

ゆかりはふっと力をぬき、笑顔をみせた。

「行きたかったんでしょ、月。私は興味ないけど。よかったじゃん」

「ほい、めでたいね、茜」

マツリもにこにこしながら言った。

「おい、茜？」

反応がないので、ゆかりはつついたり袖を引いたりした。

茜の金縛りが解けるまで、五分ほどかかった。

「ご、ごめんなさい。私、月へ行くって聞いたらもう、いろんな絵で頭がいっぱいになっちゃって」

「絵ってどんな？」

「それは——まず遠ざかる地球があるの。もう地面っていう感じじゃなくて、宇宙にぽっかり浮かんでる球として。それがどんどん小さくなっていって、かわりに月がどんどん大きくなってくる。月の南極でデルタVして周回軌道に乗ったら百キロ下が月面でしょう？」

「そうだっけか」

「うん。月って宇宙から見ると黄色がかった銀色だよね。月の裏側はクレーターばっかりなの。クレーターにはロシア語の名前がたくさんついてる。ガガーリン、バーコフ、コロリョフ、メンデレーエフ……最初に裏側を撮影したのがロシアだったから。そういうのがいっぱい銀色に光ってて、それで一時間たつと北極にさしかかるよね。すると、するとね——」

茜はうっとりと上気して、視線を宙にさまよわせる。

「月の――半分が影で真っ暗になった北極の地平線に、青い地球がわーっと昇ってくるの。満月の四倍の大きさで。地球も月と同じで、少し欠けてる。都市の明かりはたぶん無理ね。でも日本海の漁船の集魚灯は見えるかも。その時はインド洋が正面に来てるから、右っていうか、東の端に日本列島があって。月から人の営みが見えるなんてすごいよね」

「へえ……」

行きたくなってくるじゃないか。

ゆかりは、すぐにその考えをふり払った。

茜。このおとなしい、勉強好きな、面白みのない娘は、知らないうちにアリアンの手順書をすみからすみまで読んで、そんなことを考えていたんだ。

こいつこそ、月に行く資格がある。

「ソコイ、シウジェ！」

ゆかりは大声でウェイトレスを呼びつけ、ペキンダックと上海蟹を注文した。

そして心から、茜を祝った。

ACT・5

「事後報告になってすまんが、深夜だったんでね。起こしちゃ美容に悪いと思って」

翌日、那須田はソロモン宇宙基地の宇宙飛行士室に出向くと、事の次第を報告した。

「結局、ゆかりも茜も快諾したそうだが——」

「かまいませんわ。総被曝量もまだ安全圏内ですし」

美貌の医学主任、旭川さつきはこだわらなかった。

彼女はSSAで宇宙飛行士の健康と生活全般を監督する——アリアンでいえばベルモンドの立場にある。飛行士たちを実験動物扱いすることで恐れられているが、それだけにゆかりたち三人のことは肉体から精神にいたるまで知りつくしていた。

「ゆかりちゃんが親分肌というのは正解ですね。あの子は基本的に自分一人じゃ動かないんです。勉強にも恋にも宇宙飛行にも、これといって意欲がない。ゆかりちゃんの真価は、誰か子分ができたときに発揮されるんですよ」

「それで潔《いさぎよ》く身を引いたわけか。『よしわかった茜、このあたしがあんたを月に連れてってやる』——と」

さつきはうなずいた。

「ソランジュとの関係が悪いのも、そういうリーダーシップがかち合ってるからなんです。誰かのためには全力を出すんだけど、それは自分がリーダーになってないとうまくいかない。あたしはこれを、ゆかりちゃんの長所だと思ってるんですけど」

「いささか扱いにくい長所ではあるな」

「あの二人は必ず喧嘩すると思ってました。しつこく注意したんですけどね」

さつきは苦笑する。

霊長類では群れの中に複数のリーダーが許容されることもあるが、ゆかりは狼タイプだ。でもそれだけの実力はある。支援の手が届かない宇宙空間では、その資質は貴重だ。

私はわかってるからね、ゆかり——さつきは胸中でささやきかけた。

誰かを護る時の、あなたの優しさを知る者は少ない。それは雲間から洩れた、春の陽射しのようなものだ。

「まあ往復一週間、狭いキャビンでいっしょになるとなれば、茜ちゃんが適任ですけどね。ゆかりちゃんが参加するとしたら、ソランジュの上位に立たない限りうまくいきません。そんな状況はありえないと思いますが」

聡明なさつきも、このときまではそう考えていたのだった。

第四章　地球低軌道ランデヴー

ACT・1

　玄関を出ると報道陣のカメラの放列ができていた。無数のシャッターとオートワインダーが盛夏の蝉のようにわんわんうなる。ロープとガードマンがかろうじて確保した道を、バスに向かって歩きはじめる。

　イヴェットはハードシェル・スーツ。ゆかり、茜、マツリの三人はスキンタイト・スーツに身を包み、先導役のベルモンドに続いて歩いた。

　NASAのスペースシャトルの乗員なら、気休めにしかならないオレンジ色の気密服を着る場面だが、SSAもアリアンも本物の船外活動服を着ている。地上で歩けるほどの軽快な宇宙服は決定的な技術革新なので、アリアンもSSAも報道へのアピールを忘れない。

ゆかりは指示されたとおり笑顔をつくり、手を振りながら歩いた。自分にとって最もナチュラルな表情——仏頂面《ぶっちょうづら》でいこうかとも思ったが、月飛行を茜にとられて機嫌を損ねていると思われては癪《しゃく》だ。

悪い気分ではなかった。三週間の特訓もさることながら、この三日間はCSGの施設内に防疫隔離されたのでいいかげん飽き飽きしている。今日これから打ち上げられてしまえば明後日の朝には大西洋に着水して、のんびり茜の帰還を待つだけだ。多くの宇宙飛行がそうだが、飛ぶまでの準備があまりに長いので、打ち上げ当日はすでに「やっと終わる」と感慨にひたるのだった。

バスの前には礼装したソランジュとアンヌが待っていた。そういうしきたりらしい。ゆかりは笑顔を固定したまま、おざなりに握手した。

「んじゃ、上で待ってるから。明日は遅刻しないようにね」

バスに乗り込む間際、イヴェットはそう言った。

茜は少しハイになっていて、英語とフランス語でなにか言った。

マツリは手と腰をふりまわす大きな動作で、「ほーい、行くよ！」と叫んだ。

近くに顔馴染みのレポーターがいたので、ゆかりは日本語で「行ってきまーす」とだけ言った。

バスは封鎖されている国道一号線を走り、アリアンVの打ち上げ施設、ELA3に入った。発射台にはロケットが鎮座していて、すでに液体酸素の白い蒸気をたなびかせていた。そこにはアリアンの記録カメラマンがいるだけで、もう儀式のたぐいはなかった。

作業員とともに整備塔のエレベーターに乗り、地上六十メートルまで上がる。

ボーディング・ブリッジは風ですこし揺れていた。打ち上げに支障があるほどではない。アクリルの窓越しに外を見ると、白くかすんだ地平線の彼方に平たい山が見えた。ギアナ高地のテーブル・マウンテンだろうか。

ハッチには飾り文字でVerseau《ヴェルソー》とあった。水瓶座のことだ。明日打ち上げられるポアソンは魚座。月の水資源にちなんだらしい。

オービターの狭いハッチから内部に潜り込み、担架のような座席に横たわる。左からマツリ、イヴェット、ゆかり、茜の順だった。こちらが四人なのは、LEO作業で船外に出るメンバーをまとめることで、手順を単純化するためだ。

「ボン・ボヤージュ！」

外から作業員が手を振ってハッチを閉める。マツリが内部からロックして、ハッチの内側にグリーンのランプが灯るのを確かめた。

宇宙服のコネクターにオービターから出ているケーブルをつなぐ。相互にインカムのテスト。すべて正常。

正面に計器盤、その上に小さな台形の窓が四つ。窓の外は白っぽい青空。

打ち上げまであと二時間。

「上がるかしら……」

茜が小声で言った。

「ここまで来りゃ上がるよ。でしょ、イヴェット？」

「乗ってから中止になったのはこれまで一回だけだよ。燃料注入した段階で十中八九、上がると思っていい」

「だってさ。大丈夫だよ」

茜は心配でならない様子だった。

この手につかみかけた夢が奪われないか。

この打ち上げ。明日の一号機の打ち上げ。両者のランデヴー。LEO作業。太陽活動の急変。どれかひとつでも問題があれば、月飛行は中止されてしまう。やり直すとしても、その頃にはゾエかシャルロットが復帰している。

チェックリストを開いて点検にとりかかる。イヴェットが船長、ゆかりが副操縦士の立場だった。二つの液晶パネルにチェックリストと同じものが表示されるので、能率よく進められる。

しばらくして、このへんはなんとなくエアバスに似ていた。ゆかりは言った。

「なんか眠くなってくるな、このシートって」

「みんな一度は居眠りしたもんさ」

アリアンの緩衝席は寝椅子そのものといっていい。Gに耐えるには最適の姿勢だし、もちろん宇宙空間では何かに腰掛ける必要はない。SSAのオービターでは腰掛け姿勢をとるが、それは体を伸ばすスペースがないためだった。

担架型のシートが四つ並ぶと壁のようなものができる。その壁の背後には直径三メートル、厚さ七十センチの空間があり、ペイロード区画と呼ばれている。簡単な宇宙実験も行なうらしいが、今回は食糧その他の荷物が大量に固定してある。

ペイロード区画の片隅にはトイレがある。大小男女兼用の小さな吸引式便器で、使用するときはカーテンで周囲を囲み、脱臭ファンをまわす。この程度の装置でも、ゆかりはうらやましく思った。SSAのオービターでは、それが必要な時はもっと原始的な手段をとらねばならない。特に大のときは宇宙服を脱いで袋をつかう悲惨さで、SSAのオービターが男子禁制といわれるゆえんだった。

Tマイナス三分。打ち上げ三分前。

打ち上げ準備は遅滞なく進んだ。マツリは寝息をたてているが、別に起こしてやることもない。茜も仕事はないが、何ものも見逃すまいと目だけは忙しく動いている。

『O_2ベントリリース・バルブ閉鎖』

『APUスタンバイ』

発射管制官が淡々と伝えてくる。商用ロケットを日常的に打ち上げてきただけあって、手慣れた感じだ。

「オービター、全装置正常」

『低温燃料、プレッシャー正常。打ち上げ最終判断はGO』

『アクセスアーム収納。発射台、注水開始』

発射台の底にウォーターカーテンが形成される。これは熱ではなく、噴射で生じる破壊的な音響を吸収してロケット自体を守るためにある。その水音に、マツリが目を覚ました。

「ほい、そろそろ？」

「あと一分ちょっと」

Tマイナス七十五秒。フェイスプレートを閉じる。

『内部電力に切り替え。オービター電圧チェック』

「電圧、異常なし」

Tマイナス二十秒。

『固体ブースター、APUスタート』

「APU1、2、スタート」

Tマイナス十二秒。

「オービター、全装置正常」

『十─九─八─七──メインエンジン点火──推力正常──四─三─二──ソリッドブースター点火』

オービター全体がゆらり、と揺れた。固体ブースターの打ち出す衝撃波が、高い可聴音となってキャビンを包み込む。

ロケットは静かに浮上した。でかいだけのことはあるな、とゆかりは思った。

『ローンチサイトクリア──フランスの有人月ロケットは離昇中』

「こちらヴェルソー、順調に飛行中」

液晶スクリーンには飛行プロファイルを示す右上がりの曲線が表示され、その上をロケットのマークがじりじりと這い登ってゆく。

窓の外は紺碧《こんぺき》の青に変わっていた。高層雲を貫通するたびに視界は白くフラッシュする。振動が高まってきた。マックスQ──動圧が最大になる領域にさしかかる。しかしこれも、ミサイルのように急加速するSSAのロケットに比べればずいぶん静かだった。

Tプラス百三十秒。

「そろそろ固体ブースター切り離すよ」

イヴェットが言った。

「ガツンとくるけど、びっくりすることないから」

　Gが弱くなったな、と思った瞬間、重い打撃音が響いた。窓からは見えないが、液晶ディスプレイにブースター分離の表示が出た。

「固体ブースター分離完了。順調に飛行中」

『ヴェルソー了解』

　茜の様子を見ようとしたが、ヘルメットの中で頭だけが動くのでよく見えなかった。

　インカムの声が外部に流れないモードになっているのを確認して、ゆかりは話しかけた。公然の秘密だが、茜は四Gを超えると気絶する。

「茜、起きてる？」

「うん」

「第一関門突破だね」

「うん」

「こっちが上がっちゃえば、一号機だってそうそう中止しないでしょ」

「そうだよね……」

　一段目のバルカン・エンジンの燃焼はまだ続いており、燃料を消費して軽くなったぶん、Gが刻々と増してゆく。燃焼終了まであと四分。

　茜が苦しそうなので、ゆかりは話すのをやめた。

Tプラス九分四十三秒、一段目燃焼終了、分離。

続いて推進段に点火。液体酸素・液体水素を燃料とする高性能エンジンは、予定通りに点火した。この加速は十分の一Gほどしかない。推進段は短時間噴射して、大半の燃料を残したまま燃焼停止した。

「オーケイ、宇宙に到着だ」

イヴェットが宣言し、管制所に通報した。

「ヴェルソーは現在アフリカ西岸、ギニア湾上空を高度二百三キロで順調に飛行中。こちらの天候は快晴、無風」

隣りで茜が深呼吸した。

「……着いたのね。おめでとう」

やはり気絶していたらしい。

九十分後、地球を一周したところで軌道修正のデルタVを一回。その四十五分後にもう一回。これでオービターは所期の軌道に乗った。

あとは各部を点検して、明日のランデヴーを待つだけ。明日になれば——

ソランジュの奴と共同作業か。

ゆかりはひそかにため息をついた。いまだ、関係は改善されていない。

ACT・2

「見えるかな」

「昼だもん、無理だよ」

「でも、あんなに煙が出るんだし」

「見えるといいねえ」

一昼夜を宇宙ですごした四人はいま、窓にしがみついて下界を見守っていた。

オービター・ヴェルソーは——あえて上下にこだわるなら——背面飛行をしていた。窓は地球に向いている。

眼下には砂粒を散らしたようなガラパゴス諸島。前方にはアマゾン河流域の熱帯雨林がくすんだ緑のカーペットのように広がっている。あちこちで活発な積乱雲が成長しつつあり、雲間に稲光がまたたいているが、この高度では足元の綿くず程度にしか見えない。

四人が気にしているのは、これから打ち上げられる一号機が肉眼で見えるかどうかだった。こちらは秒速七・六キロ、発射基地は地球の自転により秒速〇・五キロで運動している。地上を出発したポアソンがこちらとランデヴーするためには、こちらより少し先に出発しなければならない。

「そろそろだよ」

左腕のGショックを見ながら、イヴェットが言った。こちらはコロンビア上空にさしかかっている。

『ヴェルソーへ。一号機は定刻にリフトオフした』

ジュピター2から連絡が入る。

「ヴェルソー了解……やったね！　順調順調！」

「よかったねー」

「また一歩野望に近づいたね」

ゆかりは茜の肩を叩く。

四人は外の観察に戻った。

「そろそろCSG、視界に入るはずだけど……」

「ほい、あれだね」

野生の視力を誇るマツリが言った。

「トゲみたいなのがあるよ」

「トゲ？」

「どれどれ？」

たっぷり一分ほどかかって、他の三人にもそれが見えた。

はるか前方、スープのように白濁した大気のなかに、一筋の――まさしくトゲのような
ものが一本、斜めに突き立っていた。

「固体ブースターの煙？」

「そうだ、間違いないよ。高度五十キロのあたりで途切れてる」

イヴェットは地上に通報した。

「こちらヴェルソー、ブースターの航跡を視認」

『了解。一号機は順調に飛行している』

さらに数分すると、バルカン・エンジンの白い、かすかな光点が見えてきた。それは地表と異なる速度で動いており、しだいに鮮明になってくる。

「直接交信してみるか」

イヴェットは第二系統の無線機のスイッチを入れた。

「でも、まだ加速中で応答しにくいんじゃ」

「平気平気。……ポアソン、こちらヴェルソー。そっちの噴射炎が見えるよ。ぐずぐずしてると追い越しちゃうぞ」

数秒して返事があった。ソランジュの声だ。

『ヴェルソー、こちらポアソン。こちらのバルカン・エンジンはいいのが当たったようよ。

切り離すのが惜しくて』

「だからって軌道に連れてこないように。じゃもう一噴かしがんばって」

ゆかりは驚きを隠せなかった。

「いまのって、もしかして冗談？」

「ソランジュだって年に一度くらいは言うさ。機嫌がよけりゃね」

明るさを増していたバルカン・エンジンの光がふいに消えた。

ゆかりは自分のオメガ・スピードマスターを見た。ポアソンの打ち上げと同時にスタートさせておいたクロノグラフは九分四十三秒を示している。

「予定通りか。……あれ、推進段は？」

「大丈夫、点火したよ」

マツリが言った。一度目をそらしたゆかりには見つけられない。そのうちに燃焼終了してしまった。

だが数分後、それは太陽光できらきら輝きながら現れた。

もう光の点ではなく、なにか面積のある物体だとわかる。丸めたアルミ箔《はく》みたいな感じ。

真空中で距離がつかみにくいが、斜め下方――二十キロくらいだろうか。

ポアソンはゆっくり上昇するとともに距離を詰めてきた。

十分ほどするとほとんど同じ高度になったが、まだ距離は開いている。

「おっと、こっちより高くなっちゃったな」

「大丈夫、いちど上に出て距離を詰めるの」

茜が言った。高度が上がるほど軌道速度は遅くなる原理なので、前後の距離を詰めるには上下運動から始めるのだ。後ろへ行くなら上へ。前に行くなら下へ。

イヴェットは相手を視野に入れ続けるように船体の向きを変えたが、ほどなく地球の影に入って見えなくなった。

「ま、ソランジュのことだ。追突なんてへまはしないよ」

「腕はいいの？」

「でなきゃコマンダーなんかやれないよ」

ACT・3

一号機の打ち上げから三時間――地球を二周したところで両者はランデヴーに入った。

推進段、貨物モジュールをしたがえたポアソンは前方三十メートルにどっしりと浮かんでいる。

ヴェルソーは自分の推進段を置き去りにして軌道側方に退き、船首をもといた場所に向けた。

操船を担当したイヴェットは相互の位置関係をじっくり観察し、やがて満足げに言った。

「いい感じ。両方ともぴったり静止してる」

『ジュピター2よりヴェルソー、船外活動の準備を開始せよ』

「ヴェルソー了解」

「さあてと、宇宙労働者の出番だね」

四人は船内に浮遊するものをすべて固定し、真空に耐えない物品を圧力容器に収納した。

全員、ヘルメットとバックパックを装着する。

これからしばらく、オービター・ヴェルソーは無人になる。

宇宙服の点検が終わると、イヴェットは船内の空気を抜いた。完全に真空になったところでハッチを開く。船内に直射日光が差し込まないように、ハッチは日陰側にまわしてある。マツリ、ゆかり、茜の順に船外に出て、外のハンドルにつかまる。最後にイヴェットが出てきてハッチを閉めた。

眼下はインド洋。モルジブ諸島上空のはずだが、島らしきものは見えない。

ゆかりは自分とマツリを数メートルの命綱で結び、ジェット・ガンを構えた。

めざすはポアソンの推進段の最後尾。ほんの十メートル先だが、マツリ以外のどこにも命綱を結ばない自由飛行だった。

「いくよ」

『ほい』

二人は脚を進行方向に向け、頭上にジェット・ガンをかざして引き金を引いた。窒素ガスが噴射されて、ゆっくりと動きはじめる。

マツリが針路をそれはじめたが、命綱が張って中和された。

『ゆかり、このままでいい？』

「いいよ。こっちが取りつくから、自分でたぐってきな」

『ほーい』

ゆかりは自分だけ軽く噴射して針路修正し、推進段の外部にあるハンドルのひとつにつかまった。マツリが命綱をたぐってやってくる。ゆかりは左手でマツリの肩をつかみ、少し離れたハンドルに押しやった。

『ゆかり、こっちも着地したよ。命綱を外した』

「了解。ゆかりとマツリ、一号機推進段に到着」

『こっちももうすぐだ』

イヴェットの声。茜とイヴェットの組も順調に接近し、ヴェルソーの推進段にとりついた。イヴェットは後から到着したが、命綱はたぐらず、自分で噴射して動いている。反動で推進段を動かさないための配慮だった。

『茜とイヴェット、二号機推進段に到着』

分刻みのLEO作業が始まった。

訓練はやたら大袈裟だったけど、それだけのことはあるな、とゆかりは思った。作業は意外なほど順調に進んだ。プロシージャ・シミュレーターやプールでやったことを繰り返すだけ。ジェット・ガンでアシストしながらポアソンを動かし、二号機推進段との間に四本のポールを掛け渡す。これでもう漂流の心配はなくなった。

ひと安心してまわりを見ると、無人のヴェルソーはいつのまにか百メートルほど上方に離れていた。

「ヴェルソーあんなとこまで流れてるけど大丈夫かな」

『見えてるうちは平気だよ』イヴェットが答えた。『ポアソンにつかまって行けばすぐだし、遠隔操作してるはずだし』

「だよね……」

ゆかりには、なんとなくただ漂流しているように見えた。

軌道運動の法則に従って、オービターはいずれもとの場所に戻ってくる。

もし、その位置がわずかにずれていたら。

その時は誰も、その可能性を考えなかった。

イヴェットと茜がポールをつたってこちらに渡ってきた。それぞれが受け持つポールの根元にかがみこむ。

「全員いい？」ゆかりが号令した。「せーの、はじめ！」

伸縮用のハンドルを逆回転させてポールを縮める。

重い手応えがあって、十四トンの推進段がじりじりと近づいてきた。

三段変速のギヤをローに入れているので、ハンドルを回せど回せど、ポールはごくゆっくりとしか縮まない。

『なんかこう、舟歌でも歌いたい場面だな』

イヴェットが言った。

『A Long Time Ago って知ってる？　英語の歌だけど』

「知らないな」

『もしかして〝ヤンキーの帆船が〟っていう歌かしら？』

茜が言った。

『それそれ。♪A smart Yankee packet lay out in the bay～ってさ』

「なんかテンポよすぎない？」

『ギヤ、トップに入れちゃおうか』

『いいね。時間短縮しよう』

『みんな、気を抜かないで』

見えない場所からソランジュがたしなめる。

『んじゃスローに歌うからついてきな』

イヴェットがリードして、三人が続けた。

三十分近くかかって、ヴェルソーの推進段は目の前まで来た。あと十センチというところで一旦停止。

ゆかりとイヴェットは前後の推進段の連結部に取りつき、状態を確認した。

ポアソン側の連結部はロケットノズルのまわりのトラス構造の末端にある。爆破ボルトの四つの穴にヴェルソー側の推進段から出ている突起を差し込むと、強固に結合する。構造がある連想をもたらすので、何度も冗談の種にしてきた部品だった。

『男女とも正常』

イヴェットが笑いを含んだ声で報告する。

四人はもとの場所にもどり、最後の十センチをつめた。

不要になったポールを外して宇宙空間に投棄する。この高度では高層大気の抵抗があるので、四日以内に地球に落下して燃えつきる。

　それから、電気系統の結合にかかった。ケブラー繊維の消火ホースのようなもので保護されたケーブルの集合体をヴェルソー側から引き出し、ポアソン側のコネクターに差し込む。推進段を切り離すときは、このコネクター部分も火薬で切断される。

「電気系統、結合終わり」

『了解。いま信号をチェックしてる』

　数分後、ソランジュは異常を知らせてきた。

『データバス4Aの信号が入ってないわ。結合を確認して』

「4Aね。ちょっち待って」

　ゆかりは「4A」のシールが貼られたコネクターを抜き、接点をあらためた。

「見たとこ異常ないけど。もいっぺん差し込んでみるよ――どう？」

『やはりだめ。接点はオス／メス両方確認した？』

「したよ、もちろん」

『いまそっちに行く』

「誰が見ても同じじゃない？」

『あたしが行こうか』

　これはアンヌの声。

『アンヌはここにいて。自分で見てみるわ』

信用しろよな、とゆかりは思ったが、ここでの会話は全世界に中継されているので黙っていた。

船首のほうにソランジュのハードシェル・スーツが現れた。ハンドレールをつたってこちらにやってくる。

ソランジュは4Aのコネクターを手に取り、ゆかりと同じことをした。

『アンヌ、どう？』

『変化なし』

『おかしいな……』

『それは4Bと同じ形だね』

マツリが言った。

『シールが違ってるかもしれないよ』

『まさか。4Bの信号は正常なのよ』

ジュピター2から連絡が入った。

『4Aと4Bが入れ代わっている可能性を検討する。そのまま待機せよ』

『了解』

五分ほどしてジュピター2から指示が届いた。

『4Aと4Bは正副二系統のセンサーで、入れ代わっても一部にしか異常が検出できない可能性がある。現状がそうだとすれば、４Ａと４Ｂを逆につないで試しても支障はないと考えられる』

「……要はシールの貼り間違いってことか」

『ありがちありがち』

複雑な宇宙ミッションでは馬鹿馬鹿しいミスが必ず一度や二度はあるものだ。

ソランジュは黙ってコネクターを入れ替えた。

『再結合完了。アンヌ、どう？』

『あー、オーケイ、系統４はＡＢとも正常』

ハードシェル・スーツの下で、ソランジュがほっと力を抜くのがわかった。

その時、なにかが日照をさえぎった。

「ん？　もう夜？」

ゆかりは太陽のほうを見て、愕然とした。

ソランジュとイヴェットも気づいた。

視野いっぱいに質量三・七トンの円錐、オービター・ヴェルソーが迫っていた。

『逃げて！』

ソランジュが叫ぶ。

イヴェットは逃げるかわりにオービターの船殻《せんこく》にとびつき、下半身をこちらにのばした。

ゆかりは足首を器具で固定していた。すぐには外れない。

何かが乱暴に体を押さえつけた。フェイスプレートにピンク色の物体がかぶさった。

背中が強く圧迫された。

ヘルメットに直接打撃音が伝わり、同時にインカムに悲鳴が響いた。

圧迫はすぐに解けた。誰かのハードシェル・スーツの脚が視野を覆っていた。ヘルメットを動かすと、回転しながら離れてゆくオービターが見えた。かなりの速度だ。

『大丈夫⁉　イヴェット――その腕！』

茜の声。

『大丈夫だ、気密は保ってる。マツリ、ソランジュとゆかりを見てくれ』

『ほい、すぐ行くよ』

「こっちは大丈夫！」

ゆかりはまず自分の状況を伝えた。それから自分に覆い被さったハードシェル・スーツから体を離した。肩にクイーンのマーク。

「おいソランジュ、大丈夫？」

ソランジュは数回咳き込んだ。

『圧力……正常、いまセルフチェックを……うっ！』

ソランジュの体は一瞬痙攣《けいれん》したように見えた。

「どっか痛む!?」

『いえ……大丈夫、もう平気』

「ほんとに？」

　ゆかりは相手の全身をあらためた。

「見たところ異常はないみたいだけど」

『そう言ったわ』

　ソランジュは周囲の状況を把握しにかかった。

『イヴェット、あなたはどう？』

『左腕がちょっと痛む。スーツが負けた』

『負けたって？』

「なにがどうなったの？　気がついたらヴェルソーが目の前に来てて」

『ほい、ソランジュとイヴェットがつっかえ棒になって撥《は》ね返したよ』

「じゃあ……」

　自分は二人に守られたのか。

　あの瞬間の視覚がよみがえった。オービターにイヴェットがとびついた直後、ソランジュが自分を組み伏せた。ヘルメットが地面——推進段の表面にこすりつけられ、見えるのは推進剤タンクの表面とその向こうの宇宙空間ばかり。直後、目の前に矢のような勢いでソランジュのスーツの膝が打ち下ろされた。イヴェットは仁王立ち、ソランジュは膝をついた姿勢で両腕をさしのべ、オービターをはねのけたことになる。

ゆかりは言った。

「とにかくキャビンに戻ろう。スーツを点検しないと」

『ジュピター2より月飛行モジュール、何があった？　状況を報告せよ』

『漂流してきたオービター・ヴェルソーと接触した。直接接触したのはソランジュ、イヴェットの二名。これより船内に戻って装備を点検する』

両腕でハンドレールをたぐりながら、ソランジュが簡単に報告した。

「ソランジュ、大丈夫？　牽引《けんいん》しようか」

『私は平気。かまわないで』

イヴェットのほうはマツリと茜が支えて移動していた。推進段、貨物モジュールを越えてオービターにたどりつく。アンヌがハッチを開いて待機していた。ゆかりはソランジュに続いて中に入った。それからイヴェットの乗船をサポートした。

全員が船内に入り、ハッチが閉鎖されると、アンヌはキャビンに空気を充填《じゅうてん》した。

一気圧になると、全員ヘルメットとバックパックを片付け、イヴェットのスーツを脱がしにかかった。背中を開き、上半身を抜こうとする。

直後――イヴェットは悲鳴を上げた。

ACT・4

ハードシェル・スーツの欠点のひとつは、亀裂などが入った場合、内部の空気が一度に抜けることだった。

あの衝突でイヴェットのスーツの左前腕は座屈したが、気密は破れなかった。アリアンのスーツは硬い殻の内側に軟質の膜があり、万一殻にひびが入ってもチューブレス・タイヤのように気密を保つ工夫があった。もしそれが効を奏さなければ、イヴェットは即死していただろう。

しかし、強靭なカーボン樹脂の腕はその瞬間、限界を超えて折れ曲がったらしい。中身も無事ではなかった。イヴェットは左前腕の手首に近い位置を骨折していた。アンヌが医療キットを出して痛み止めを注射し、金属の副木《そえぎ》とテープを出して腕を固定した。

それから一時間あまり、飛行士たちは狭い船内で点検作業に忙殺された。ジュピター2は装置のテストを矢継ぎ早に指示してくる。気密、生命維持系、通信系、推進系、熱遮蔽、航法系。そして衝突したオービター・ヴェルソーの眼視観測。

ヴェルソーは地上からの遠隔操作でポアソンの後方二百メートルに保持された。ヴェルソーが自動送信してくるテレメトリを地上で調べた限り、故障を示すデータはなかった。

『現在、今後の飛行計画を協議している。そのまま待機せよ』

連絡を受けて、六人は力を抜いた。

スポンジで顔をぬぐい、髪を宙に漂わせる。

気詰まりな沈黙がおりてきた。

あれこれ指示されて、忙しくしていたほうがまだよかった。

衝突の原因については、いまは考える時ではなかった。無人のヴェルソーは地上からの遠隔操作で位置を保つはずだったが、なんらかの原因で漂流したのだろう。そして六人の宇宙飛行士とジュピター2の管制官のすべてが、必要な時に必要な注意を払っていなかったのだ。

イヴェットは月に降りる二人のうちの一人だった。月着陸機はオートバイのような代物で、キャビンはもちろん、まともな緩衝座席もない。これで秒速二キロの加速を行なうのだから、両手両足が使えないと乗れない。月着陸機の訓練を受けているのはイヴェットとソランジュだけだった。一人で操れないわけではないが、それで未知の月面と往復するのはソランジュだけだった。

月着陸機はもちろん、この骨折部位ではスイッチやレバーをひねる動作が難しくなるから、オービターの操船も難しい。

茜は月周回飛行、ゆかりとマツリはLEOからの帰還に絞って訓練を受けてきたが、あくまで補佐としてであって、とっさの手動操船に対応できるかどうかは未知数だった。

月面から戻った着陸機とのランデヴーのチャンスは一度しかない。それを逃したら着陸機の二人が生還する望みはない。

もとより、ぎりぎりの人員で出発したのだ。ミッションの核になるメンバーのリタイヤは致命的だった。

イヴェットは体を丸め、右手で顔を覆うようにして、ペイロード区画に浮かんでいた。ゆかりの位置からは頬しか見えなかったが、泣いているのはわかった。

しばらくして、イヴェットは不自然に明るい声で言った。

「痛み止め打てば……やれないこたぁないと思うんだがな」

「イヴェット。これから何をするにしても、あなたはここから帰還しないと」

ソランジュが言った。

「骨折したまま一週間も宇宙滞在させるわけにはいかないわ」

無重量状態では健康な骨組織でさえダメージを受ける。前例はないが、骨折の治癒にプラスの効果があるとは考えにくく、もし悪化したらどうなるかわからない。

「いや、オレとしちゃ、それはいいんだけど」

「だめ。絶対にだめ」

「イヴェットを帰還させるとしたら、あたしがパイロットだな」

アンヌが言った。

「ヴェルソーは一度ガツンとやってる。計器に異常は出なくても、土壇場でどんなエラーが出るかわからない。とてもSSAにはまかせられないよ」

「それぐらい、こっちにまかせてくれていいけど？　訓練なら充分やったし」

「ノン、ノン、ノン」

アンヌはぷるぷる首を振ってゆかりをさえぎった。

「ヴェルソーはアリアンの――あたしたちの船なんだ。故障するかもしれない船にそっちを乗せたくないってこと。もし再突入にしくじってあんたたちが丸焼けになったりしたら、毎朝、鏡で自分の顔を見るたびに思い出すだろ」

ゆかりは拒めなかった。自分だって同じ判断をするだろう。

「だけど、このうえアンヌとイヴェットが戻ったら――」

言いかけて、ゆかりはさすがに遠慮した。

そうなったら、アリアン側はソランジュ一人になってしまう。

「えーと、つまり……」

ゆかりはいま言えること、言うべきことを探した。

「二人が私をかばってくれたんだよね。ありがとう、イヴェット、ソランジュ」

「なあに、硬い服着てる者のつとめさ」

「私がかばったのは推進段よ」

「そーゆーことなら今の礼は撤回するけど」

「よくてよ」

困難に直面したとき大切なのは、士気とチームワークだ。お礼を言えば多少は雰囲気が明るくなるかとも思ったが、逆効果だった。

それに追い打ちをかけるように、ソランジュは決定的なことを言った。

「もう、おしまいね。月飛行は。そうでしょう？」

誰も答えない。

「無理して、頑張って、ここまで来たけれど――もう矢尽き刀折れた。最初の計画どおり八人でやればこうはならなかったはず。これが私たちの限界ね。もう誰も、二度とフランス娘を宇宙飛行士にしようなんて考えないでしょう」

声に出したほうが、言葉にしたほうが、まだましとソランジュは考えたのだろうか。

大規模な計画ほど、二度目がない。どんなつまらない不運、不可抗力による失敗であれ、やり直しが許されない。今回の飛行だけで高価なアリアンVロケットを二機使い捨てている。苦労して完成させた月飛行モジュールも、軌道上に放置すれば燃料が揮発してしまう。

人間だけ出直すわけにはいかない。

仮にやり直すとしても、失敗の原因は徹底的に排除される。自己管理のできない少女に、二度とチャンスは与えられないだろう。

「でも、まだ四人いる」

茜がぽつりと言った。

ゆかりは、はっとしてその顔を見た。

怒るでもない、悲嘆にくれるでもない、水のように澄んだまなざし。

茜はこんなとき、必ず傾聴に値することを言う。

「それにまだ、三日ある」

「三日って……どういうこと、茜？」

「月周回軌道に乗るまで三日ある。燃料は無駄にできないけど、ここには実物がある。シミュレーターよりずっといい」

「これから訓練するっての？」

「私、月軌道でのランデヴーの訓練はひととおりやったし、ゆかりとマツリだって帰還のための操縦訓練は受けてるよね。だから——私とどちらかもう一人で船はあずかれると思うの。それは、もちろん月に降りる人がまかせてくれればの話だけど」

「月に降りるほうはどうするの」

「それも、ゆかりかマツリのどちらかが——」

「無理よ！」

ソランジュが叫んだ。

「オービターはいいとして、ゆかりもマツリも月着陸機には触ったこともないんだから！」

「だから、三日ある」

茜は静かに答えた。

「月へのトランスファー軌道に乗ったら、慣性飛行が三日続く。その間に月着陸機を出して、船外で練習すれば」

「そんな……」

「それであなたの夢がかなう。拒むこと、ないと思う」

茜は言いつのる。ソランジュは動揺をあらわにした。

「そんなこと……コマンダーとして責任が持てないわ。自分の夢のために未経験の者をまきこむなんて！」

「あたしなら平気だよ。だいたいソランジュだって月着陸は未経験じゃん」

ゆかりは進んで言った。つまらない遠慮で誰かの夢が壊れるのはやめにしたい。

「経験したことしかしないんだったら、宇宙飛行士なんて自慢できる仕事じゃないよね」

「そんな——簡単に言うけど！」

「マツリはどう？　月までつきあう気はある？」

「ほい、周回軌道までなら行くよ」

「着陸はしたくない？」

「そこは月の精霊の領分なんだよ、ゆかり」

タリホ族のシャーマンはそう言った。

「月の精霊はいたずら好きでたちが悪い。マツリが降りたら魂を奪われてしまう」

「んな、馬鹿な」

「ほんとだよゆかり。タリホ族が月の精霊のすみかに行くときはランブタンの実とイチジクの蔓《つる》で結界をつくって、それから赤土を豚の脂で練って体じゅうに塗らないとだめだよ。でも持ってこなかったね」

マツリの表情は読み取りにくいが、どうやら本気らしい。ひとたび本気になると、マツリは決して考えを変えない。

「この呪術師が宗教上の理由で着陸できないとすると……茜はどう？　行きたいんでしょ、月面まで。ほんとは」

「行きたくないって言ったら嘘になるけど、それはだめ。正式に月周回の訓練を受けたのはSSAのなかで私だけだもの。私が船をあずからないと。だいいち私、Gに弱いから」

「そうか。となると……」

まいったな。

ソランジュと目を合わさないようにしながら、ゆかりは言った。

「……つまりソランジュとあたしが月に降りるって展開になるんだけど」

しばらく待ったが、ソランジュは反応しない。かわりにイヴェットが言った。

「オレは、いいと思うな」

「やってやれないことはないかもね」

アンヌとしては、かなり前向きの肯定だった。

五人の視線がソランジュに集まる。

ミッション・コマンダーは見るからに困惑していた。目はせわしなく動くが、焦点は脳裏にある。

かなり待たされてから、ソランジュはうなずいた。確かにうなずいた。

「日本人三人にフランス人一人なんて――」

屈辱にまみれた顔で言う。

「植民地で迷子になった気分だけど」

なぐったろか。

思わず拳を固めたが、ゆかりは自制した。

行こう。これで茜を月軌道に送りこめる。

実は自分も行きたかったんだ。

茜と同じものが――それ以上のものが見られる。

「そうと決まれば地上を屈伏させせないとな。絶対承認しないから」

ゆかりは仕切りにかかった。

「船を遠隔制御で乗っ取られないようにしなきゃ。イヴェットとアンヌは知らん顔してヴェルソーに乗って、制御をこっちに取り戻す。コンピュータもロックしないと」

「よしきた。だけどこれからの月飛行の手順はどうする？　予定に遅れてるし、地上がうんと言わなきゃ新しい計算結果がもらえないぜ」

「トランスファー・ウインドウ3でいけるわ」

ゆかりに好き勝手はさせまいと、ソランジュが言った。

「ウインドウ1と2はもう遅刻だけど、3はまだ間に合う。ルナ・トランスファー開始まであと――一時間三十五分。これで地球周回軌道を離脱したら、地上もあきらめて協力するはずよ」

ソランジュは時計を見ながら指示する。

「全員、EVAにそなえてスーツをチェック。SSAはエア・カートリッジを交換。それからイヴェットをレスキューバッグに入れてちょうだい」

「あれに入るのかあ。かっこ悪いな」

「気にしない。あなたはミッションを救った英雄よ。アンヌはイヴェットを牽引してヴェルソーに乗船し、ただちに点検開始。もし再突入に無理があるならこの計画はキャンセルする。マツリと茜は二人の乗船をサポートし、ヴェルソー外部の点検を行なう」

「ほい」「はい」

「アンヌはヴェルソーの制御を奪回したらこっそり知らせて。合言葉は『帰ったらドン・ペリニヨンで乾杯しよう』」

「ウイ」

「ゆかりは推進段の外部点検。傷、曲がったもの、へこんだものがあったらなんでも報告して」

「了解」

「ハッチ開くとテレメトリで地上にばれるよ」アンヌが指摘した。「なんか口実を作らなきゃ」

「船外活動で外部を点検すると言うわ。どっちみち必要だから」

ソランジュはその旨をジュピター2に連絡し、承認を得た。

船内の空気を排除して、ソランジュを除く全員が外に出た。イヴェットは寝袋のようなレスキューバッグに包まれて引かれていったが、カメラの死角を選んだのでばれる心配はなかった。

ゆかりは推進段の後部まで移動し、タンクの外壁を重点的に調べた。あのときハードシェル・スーツの一部が食い込んだのだろう――断熱材の一部がえぐれていたが、問題はなさそうだった。それ以外に目立った故障はない。

半時間後、アンヌが知らせてきた。

『オービター・ヴェルソーは健在。帰ったらドン・ペリニヨンで乾杯しよう』

『いい考えね』

ソランジュがすました声で答える。

ほどなくジュピター2からの通達が入った。

『諸君に残念な報告をしなければならない。わかると思うが――月ミッションは中止される。オービター・ヴェルソーは点検のうえ、アンヌとイヴェットが乗って帰還する。残り四名はオービター・ポアソンで帰還する。詳細な手順はまもなくアップロードする』

『ポアソンよりジュピター2へ。アンヌとイヴェットの帰還については承認。しかしミッションは継続します。月飛行モジュールはウインドウ3を使用して五十三分後に発進、月トランスファー軌道に移行する予定』

数秒の間があった。

『……ポアソン、内容が理解できない。再度送信してくれ』

『なんでも言うわ。月飛行はやめない。ＳＳＡの三人と私、ソランジュ・アルヌールで月へ向かう。以上！』

それからジュピター２はひっきりなしに呼び出しをかけたが、ソランジュは応じなかった。

ヴェルソー船内では、アンヌとイヴェットが着々と帰還準備を進めていた。

現在の軌道はほとんど赤道直上にあるので、九十分ごとに洋上で待機する回収チームの上空を通る。帰還の〝窓〟も九十分おきに開くので、月飛行モジュールが発進する前に二人は帰途につくことができた。万一装置にトラブルが起きても、そばに月飛行モジュールがいるのは心強い。

『それじゃお先に』

直通回線のむこうでアンヌは淡々と告げて、逆噴射エンジンの点火シーケンスを開始した。

ポアソンに乗り込んだ四人は五百メートル離れて様子を見守った。インド洋の青い弧を背景に、オービター・ヴェルソーのＯＭＳエンジンが閃いた。半透明の燃焼ガスが絹のように広がってゆく。円錐形のオービターは静かに動きはじめ、軌道後方に離れていった。

『燃焼は正常。ボン・ボヤージュ、ポアソン！』

「ボン・ボヤージュ、ヴェルソー！」

ヴェルソーの軌道離脱から八分後、月飛行モジュールも噴射を開始した。〇・三G、十五分間にわたる噴射が終わると、苦労して連結した二号機の推進段は用済みになった。連結部の爆破ボルトに点火して切り離す。

「ポアソンよりジュピター2、月遷移軌道へのデルタV終了。これよりシェルターに移る」

『了解――』

マイクに管制官のため息が入った。

『とうとう手の届かないところへ行ってしまったな。せめてシェルターにいる間、制御を渡してくれないか。もう物理的に引き返せないんだから、邪魔はしない』

ソランジュは少し考えて、この申し出を受け入れた。

月飛行モジュールはまだ地球近傍にいるが、すでに月軌道に到達するだけの増加速度、秒速三・三キロを得ている。位置的にはスペースシャトルの行動範囲だが、この速度に到達できる有人宇宙船はこの世に存在しない。こうなったからにはジュピター2も飛行を支援するしかないだろう。

ソランジュは船の制御をジュピター2に開放し、シェルターへの退避作業に取りかかった。

ACT・5

「……てなわけで、ただ乗りで三人とも月へ行っちまったよ、さつき君。フランス様々じゃないか、ええ？」

那須田は笑いが止まらない様子だった。

「笑い事じゃありませんよ！　ゆかりちゃんとソランジュが組んで月面に降りるなんて、想像しうる最悪の人員配置です！　もう、どうしたらいいのか――」

さつきは頭を抱えた。

「それはそうだが、行っちまったもんは仕方がない。なんとか折り合いをつけてくれることを祈るしかないじゃないか」

「祈ってすむならお百度でもしますけどね！」

医学主任は引き出しから薬瓶を取り出し、錠剤をひとつかみあおった。胃薬だった。

第五章　月は東に　地球は西に

ACT・1

月への旅路の途中には、ヴァン・アレン帯と呼ばれる放射線の濃い領域がある。放射線は船体を貫通して、飛行士たちの体に降り注ぐ。粒子束《りゅうしそく》が最強になる場所は避けるが、それでもLEOより桁外れの密度になる。

アポロ計画ではこれという対策もとられなかったが、未婚の少女が月に向かうとあってはそうもいかなかった。

そこでアリアンは一号機の推進段内部にシェルターを設けた。液体水素・液体酸素タンクを貫くように直径九十センチ、長さ三メートルのトンネルをつくり、断熱材で覆って空気を循環させる。液体燃料は放射線を防ぐ壁としてかなり有効に機能する。帰途はタンクが空《から》になるので役に立たないが、往路だけでもこのシェルターを使えば総被曝量を安全圏内にとどめられるのだった。

「時間がないわ。急いでシェルターに入って」

ゆかりは地球が遠ざかってゆくところを見たかったが、放射線漬けになるのは御免だった。茜、マツリに続き、貨物モジュールを貫通するトンネルを通ってシェルターに入る。

「うわ。こりゃカプセルホテル以下だな」

シェルターの奥は茜とマツリで満員だった。目の前にスキンタイト・スーツに包まれた四つの足があって、それ以上進めない。そこへハードシェル・スーツを着たままのソランジュが割り込んできた。これはつまり、直径九十センチ、高さ一・五メートルのドラム缶に二人で入ることになる。

せめて背中を向けたかったが、もう手遅れだった。

目の前に相手の顔がきた。他人とここまで顔を近づけるのは、キスの時ぐらいだろう。胸と胸もぶつかる。ハードシェル・スーツの中にいれば平気だろうが、ゆかりのほうは容赦なく圧迫された。

「なによ、宇宙服くらい脱いでくればいいじゃないのさ！」

「そっちだって着てるじゃない」

ソランジュは鼻をひくつかせた。

「臭うわね。嫌だ、スキンタイト・スーツって汗が外にしみだすのね！」

女どうしが、傷つくようなことを言う。

「嫌ならヘルメットかぶってれば！」

「バックパックのスペースがないしアンビリカルも届かないわ。そもそもこのシェルターはそんな汗臭い格好で入るように設計されてないの」

「入れって言うから入ったんじゃない！」

「二人とも喧嘩しないで」

茜がたしなめる――というより懇願する。

「あと二時間のしんぼうだから」

「二時間も！」

訓練というものの重要性をゆかりは思い知った。知っていればこの順番では入らなかっただろう。今となってはソランジュと向き合うのをやめるわけにいかなかった。

ゆかりは顔だけをそむけ、ソランジュも同じことをした。

すぐに首筋が疲れてきた。

「あのさ、総督」

「私のことを言ってる？」

「そう。こうやって抱き合うんじゃなくて、背中まるめて膝を抱く姿勢にならないかな。

胎児みたいにさ」

「そんな姿勢、このスーツではできないわ」

「自由度低いんだな」

「これのおかげで命拾いしたことはお忘れかしら」

「月でもよろしくたのむわ」

ゆかりはソランジュの両脚の間をまさぐり、自分の右脚を押し込んだ。これで少し楽になった。

「うっ……」

ソランジュが急に顔をしかめた。

「虫歯でも痛むの？」

「ちがう」

「宇宙酔い？」

「まさか」

ソランジュは急いで付け加えた。

「だから——汗臭くて気分が悪いだけ！」

「ああそうごめんね！」

ゆかりはそれっきり口をきくのをやめた。目を閉じて、眠ろうとする。

意外にも、すぐ眠りに落ちた。

ACT・2

大型のプロジェクション・スクリーン。ずらりと並んだコンソール。ガラスで仕切った報道スペース。宇宙船の管制室としてはスタンダードな構成だが、ジュピター2のそれはインテリアに目の覚めるような真紅のカラーリングをほどこして、フランスならではのセンスを発散していた。

ヴェルソーの大気圏再突入は成功し、回収チームがすでにコンタクトしている。アンヌもイヴェットも元気だった。

少なくともこれで、矢継ぎ早に起きた心配事のひとつは解消された。

コンソールの最後列にはアリアンの幹部が陣取っていたが、いまは空席になっていた。彼らはカメラを避けて、別室に集まっていた。

なにしろ宇宙開発史上初めての、明白な反乱だった。小さな衝突はいくらでもあったが、飛行中止を命じられた船がそれを無視した事例はなかった。

「相当な動揺があったことは確かでしょう」

フライト・サージェント――飛行士たちの専任医師は、ソランジュの心理状態をそう分析した。

「ヴェルソーの衝突を回避できなかったことへの後悔と自信喪失。仲間の負傷。日本人クルーとの反発。これで正常な判断ができるとは思えません」

「日本側が反乱をそそのかしたと言うのかね」

フランクールが問いただす。

「だが日本人たちはそんなに月へ行きたがっていたのか？」

フランクールはベルモンドを目でうながした。

「茜はそうでした。しかし誓ってもいいですが、軽率な行動をする子ではありません。反乱に賛成したとしても、それは相談して一致をみたからでしょう」

幹部たちは別の心配をはじめた。

「我々は日本娘を月に運ぶために巨額の投資をしたんじゃないんだぞ」

「しかし船長はソランジュです。ＳＳＡはサポーターであって、ソランジュの指揮下で動いている。面目はかろうじて保てるでしょう」

「いずれにせよ、月飛行モジュールはもうＬＥＯを離脱してしまったんだ。逆らわずに手を貸すしかない」

「いや、まだ手はあります」

飛行主任が言った。

「モジュールはどうあっても月軌道まで行ってしまう。これは決定事項です。しかし最も危険なのは月着陸です。これを阻止する手はあります」

「どうするんだね？」

「自由帰還軌道です」

その一言で、一同は理解したようだった。

「だが、せっかく月軌道まで行って何もせずに戻ってくるとは……」

「これは救助活動なんですよ」

飛行主任は言った。

「娘たちが向こう見ずな行動に出たら、それを止めるのが我々のつとめでしょう」

「それはそうだが……」

フランクールは苦い顔で葉巻を噛んだ。

だが、まったく訓練を受けていない森田ゆかりを月着陸に同行させるなど、承認するわけにはいかない。阻止する手段があるなら、それを採用するしかなかった。

「やむをえんか。月の裏をまわるだけでもいい演習になる。アポロ計画だってそんなテストを繰り返したんだからな」

ACT・3

何かが体の上を移動してゆく。胸から腹、腹から腰へ。

なんのテストだ痛いぞこら。人を実験動物みたく扱うな。

――ゆかりは我に返った。

ソランジュが身をよじりながら出口に向かっているところだった。

こうしてみると、もし全員がハードシェル・スーツを着ていたらシェルターに入れないのは明らかだった。本来のプログラムではスーツを脱いで入る予定だったのだろう。ソランジュはさんざん汗臭いと文句をたれたが、あれを脱いでいたらもっと臭ったはずだ。ソランジュはそうなるのを避けたのだろうか。

ゆかりはソランジュに続いてキャビンに出た。茜とマツリも出てくる。

「さてと総督。次の手順は？」

「アースビュー。燃料に余裕があるなら」

「あるの？　余裕」

「まだ無駄にはしてない。省略する理由はないわ」

ソランジュは操縦席につき、姿勢制御系を起動した。

どこかでリモートバルブの音がして、かすかなGを感じた。

三分ほどしてもう一度バーニア・エンジンを噴射する。姿勢指示器を見ると船体が百八十度回転したことがわかった。いまは慣性飛行中なので、船はどこを向いていてもかまわない。

ソランジュはルームライトを消した。液晶スクリーンも消す。

キャビンは真っ暗になった。

四人は、窓からさしこむ青い光に気づいた。

地球光。

腕を伸ばした先の、青いビーチボール。それが地球だった。三分の一が宇宙の闇に溶け込み、地球はレモンのように欠けていた。

ゆかりは反射的にそう思い、まわりをうかがった。

いかん。宇宙飛行のプロたるものが、こんなもので感激してどうする。

茜もマツリも呆然と見とれている。

ゆかりはソランジュの横顔から目が離せなくなった。

青い光が髪と睫《まつげ》を冷たく照らし、鼻梁《びりょう》から顎にかけての端整な線を浮き彫りにしている。

マスカットの粒をそっとはめこんだような瞳は、やはり一心に地球を見つめていた。

きれいだ、とゆかりは思った。ギリシャの彫像みたいだ。

それが今にもこちらを向きそうな気がして、ゆかりは地球に視線を戻した。

アフリカ大陸とヨーロッパがこちらに向いていた。青い光の正体は大西洋とインド洋の総和だった。紺碧《こんぺき》の海に斑《まだら》の雲がいきいきと輝いている。雲が優勢なのは高緯度帯で、それぞれの極のまわりを冠のようにとりまいていた。

地球は海と雲の球体だった。陸地は驚くほど目立たない。サハラ砂漠だけが雲ひとつなく、褐色の大地をあらわにしている。

地球は静止していた。その自転速度は時計の短針の半分にすぎない。低軌道では刻々と眼下を流れてゆくが、周回軌道を離脱するや、あらゆる見かけの動きが消滅したのだった。

いや、そうじゃない。

ゆかりは、世界のかすかな動きに気づいた。

窓枠の上下にカメラを固定する金具があり、それがちょうど地球の両極をはさむように見えていたのだが――気がつくと地球と金具の間に隙間ができていた。

「離れてくね、地球。動いてるのがわかる」

自分たちはいま、急速に地球から離れている。秒速十キロとして、一分間で六百キロ。三分も眺めていれば、日本列島を縦断する距離だけ離れるのだ。

「みんなに見せたかった」

ソランジュがつぶやいた。

そうすれば、恋にうつつをぬかすこともなかったろうに——そんな思いだろうか。

「不思議。これを見たらさびしくなると思ってたのに」

茜がマツリに話しかけた。

「なんだかすごく優しい気持ちになるみたい。ねえ？」

「ほい、マツリは心配になってきたよ」

「どうして？」

太陽を飛び出した荷電粒子が地球の磁場につかまって濃縮されるドーナツ状の領域——マツリはヴァン・アレン帯を正しく理解している。

LEOにいるうちはまだ地球に包まれていたが、ヴァン・アレン帯を出たらその気配が消えた。地球生命の存在が許されない場には、もちろんそれに代わる何かがいるのだ。マツリはそう確信していた。

「茜はなぜ優しい気持ちになる？」

在学中、学年ナンバーワンだった秀才は、少し考えて言った。

「ポテンシャル、かな？」

茜は自分の口をついて出た言葉に首をかしげた。

わずか三十七キロの体重だが、いま茜が持っている運動エネルギーは対戦車砲弾をやすやすと押し戻せる。優しさのよりどころは強さだ。全世界で四位以内に入る高いポテンシャルがその優しさをもたらしたのだ……ということらしい。

ソランジュは時計を見ると、ルームライトを点灯した。

船の姿勢を整え、バーベキュー・ロールといわれる回転運動を与える。これは船体への日照を均一にするための二十分周期の緩やかな回転で、遠心力はほとんど発生しない。もちろん、直径三メートルのカプセルを回転させて擬似重力を作っても、コリオリ力で不快になるだけだろう。

それから、DSN、ディープスペース・ネットワークへの切り替えをチェックする。

静止軌道より遠方の宇宙船との交信はNASAの――文字どおり――深宇宙ネットワークを使う。世界各地に設置された直径六十メートル級のパラボラアンテナが入れ代わり立ち代わりこちらを照準してくれる。DSNにとって月は庭先にすぎない。それは太陽系外に出た探査機の微弱な電波さえキャッチする、世界最強の遠距離通信網だった。

「ポアソンよりジュピター2、シェルター退避およびアースビュー・プログラムを終了、バーベキュー・ロールに入った。全装置は正常、オーバー」

『ポアソン、こちらジュピター2、感度良好。キャンベラ局の観測では軌道精度は良好。追って軌道修正データをアップロードする。ほかに欲しいものはあるかね？』

「ゆかりとマツリの訓練スケジュールを作ってほしい。飛行計画書四章冒頭から六章五十八ページまでを再編成することになる。インタビューや優先度の低いプログラムはすべて削除して」

『了解した。飛行計画の再編成にはすでに着手している。できしだいアップロードする』

「ポアソン了解」

交信が終わると、ソランジュは他の三人に命じた。

「月軌道までの三日間はブルー、レッドの二交替制になるわ。ブルー・シフトは私とゆかり、レッド・シフトは茜とマツリ。それぞれ一日十六時間活動して八時間は両シフトが重複する」

犬猿の仲が同じシフトなのはやむをえなかった。ゆかりに月面活動をコーチできるのはソランジュしかいない。

「就寝はシェルターで行なう。予定からずれこんでるけど、茜とマツリはいまからでも就寝にかかって」

「はい」「ほい」

「ゆかりは月着陸機と月面活動の手順書を精読して」

「は〜い」

ソランジュはロッカーから分厚いマニュアルを出してこちらに押しやった。空中で受け取ると、それはどっしりした慣性があり、反作用で自分の体が回転するほどだった。

ソランジュはあいかわらずハードシェル・スーツを着ていた。

「ねえ、いいかげん宇宙服脱いだら？　汗臭くても平気だよ、あたしなら」

「後にするわ」

「あっそ」

ゆかりは寝椅子のようなシートに体をゆわえ、手順書のページを繰った。

たちまち問題が表面化した。

「なにこれフランス語じゃん！」

「……しまった」

ソランジュは舌打ちする。月周回軌道までの手順書は茜のために英訳版が用意されていたが、そこから先にＳＳＡの参加は想定されてなかった。

「とりあえず、絵と略号だけでも理解して」

「やってみるけど」

フランス語の略号にはいつも当惑させられる。「ギアナ宇宙センター」は英語ならＧＳＣだが、フランス語ではＣＳＧ（Centre Spacial Guyanais）となる。単語は似通っていても語順がまるで違うのだ。

「……さっそくだけどＣＰって？」

「Chambre Propulsive、燃焼室」

「フランス語ってなんでいちいち逆にするわけ？」

「英語が逆なのよ」

「日本語だって英語と同じなのに。ネンショウ・シツって」

「じゃあ日本語も逆なのよ。この機会にフランス語の美のなんたるかを教授してもいいわ」

「遠慮しとく」

ソランジュはゆかりの横に来て、手順書にボールペンで英語訳を入れはじめた。

「あー、そのへんはいいよ。エンジンの修理なんかしないでしょ」

「構造はきちんと理解しないと。何が起きるかわからないんだから」

ソランジュはページをめくりながら、次々に記入してゆく。

ゆかりはまた、その横顔に見入った。

とことん真摯《しんし》な奴。似てる。やっぱりこいつ——

「これはあなた自身を救うためにしていることよ？　月着陸をあのエアバスみたいにやられちゃおしまいなの。そのためには手順書を隅々まで理解して、あらゆる事態に対応できないと。わかってる？」

ゆかりは思わず吹き出した。

「やっぱりあんたってさ、茜に似てるわ」

「茜に？」

「そう。みんな言ってるけど」

ソランジュは肩をすくめた。

「彼女はSSAのなかでは見所のある人材だわ」

ぶっきらぼうに言う。だがその頬は、かすかにゆるんだような気がした。

ACT・4

茜とマツリが起床して、両シフトの重複時間帯になった。茜の初仕事として、ソランジュはバーベキュー・ロールの停止を命じた。茜はとまどうこともなく、バーニア・エンジンを噴射して難なく船の回転を停めた。

ソランジュは船を茜にまかせ、ゆかりをともなって船外に出た。

地球はいつのまにか夏みかんサイズになっていた。月はまだ遠くて、大きさの変化は感じない。錯覚にちがいないが、地上から見たときよりむしろ小さく感じる。

ソランジュとゆかりは貨物モジュールにとりついた。金色の熱遮蔽シート、サーマルブランケットをめくり、折り畳んだ月着陸機〝ポレール〟を引き出す。

実機を使ってのリハーサルをするのだ。

ここでも伸縮式のポールを使った。貨物モジュールから旗竿のように突き出したポールの先にポレールは留《と》まっていた。どうみても月着陸機には見えない。金属フレームとサーマルブランケットのもつれあう、スクラップの塊のようだった。

「魔女のホウキってゆーか、蜘蛛の死骸みたいだね。これで月と往復するのは度胸だな」

『誰もがそんな言い方をするわ。でも先駆者の旅ってそういうものじゃなくて？　サン・テグジュペリたちが海を越えて南米に飛ばした郵便機も単発機だった。リンドバーグもそう。そんなちゃちな飛行機では自殺行為だと言われた』

「確かにね」

二人はポールの先に移動した。

『わかる？　リリースボルトを外して外側に倒す』

「えーと……こうか」

軽金属でできた着陸脚のひとつが、手品のように展開した。四本の脚をすべて開き、二種類のアンテナを展開すると、なんとなく着陸機らしくなってきた。

四本の脚は平たい八角形の箱の四方から伸びている。箱の底部には二基一組のメインエンジン。箱の上には球形のタンクが二つ。タンクの間に簡単なサドルがふたつあって、背中あわせに着席する。二人の背中にはさまれるようにして、一本の太いマストが頭上にのびている。搭乗者の体を保護する、ロールバーのようなフレームもある。マストの先端にはパラボラアンテナ。

二人はサドルにまたがり、両脚を外側にのばし、四点式ハーネスで体を固定した。計器盤はきわめてシンプルだった。一枚の液晶ディスプレイと数個のスイッチ類、パイロットランプしかない。操縦装置は複式で、ゆかりとソランジュの両方に同じものが付いている。アームレストの先には操縦桿が左右にひとつずつ。

操縦はソランジュが担当し、ゆかりはそのサポートを受け持つ。操縦はコンピュータにまかせてもいいが、先人の得た教訓からいつでも手動にスイッチできる。もし最後の瞬間に手動操縦できなかったら、アポロ十一号の月着陸船は転倒していただろう。

月面での転倒は悪夢だった。転倒しないまでも、着陸後の姿勢が二十度以上傾斜すると帰還できなくなる。

着陸地点は永遠の暗黒のなかにある。そこへ照明弾と電波高度計を頼りに降下してゆく。高度百メートルを切ったらライトで下界を照らし、着陸地点を探す。

このときポレールは、ロケットを下方に噴射して最長百秒間のホバリングができる。

タイムリミットが来たら安全装置が働いて自動的に全力噴射に切り替わり、月周回軌道に戻る。目的地の目前で撤退することになる。やりなおす燃料はない。

『まず通信トラブルのリハーサル。地球と交信不能になった。どうする？』

「えーと、まず通信システム画面を選んでシステムチェック。送信系と受信系の消費電流を調べる。異常なら予備系統に切り替える」

『それで異常がなかったら？』

「高利得アンテナの追尾を疑う。正しくリピーターを指向しているかどうか。もし地球が見通せる位置なら、手動で地球に向けてみる」

『やってみて』

計器盤についた十字スイッチを押して、パラボラアンテナの首を振る。

「……やりにくいな。レスポンスが鈍い」

『あとでじっくり練習してもらうわ』

ソランジュは次の課題を出す。

『それでもだめだったら？』

「低利得アンテナに切り替える」

『低利得アンテナを使うときの制約は？』

「画像が送れないのと、音質が悪くなること」

『いいわ。それでもだめなら？』

「もう打つ手はないんじゃなかったかな。通信ができないまま降りるか……中止するか。

それはそっちが決めるんでしょ？」

『手順書には中止せよとあるわ』

「強行する気？」

『自分ひとりの命なら。でも、まあね……』

肩をすくめるしぐさが、宇宙服の上からでもわかった。

ゆかりは言った。

「あたしがコマンダーでも同じ判断だろうね。他人の命あずかってないんだったら、降りちゃうよきっと」

『そう？』

フェイスプレートの奥から、ソランジュはこちらを見た。

『それじゃ、このシチュエーションでのGO／NOGO判断はGOにしていいかしら』

「異議なし」


姿勢異常。スピン。弾道逸脱。異常燃焼。照明弾の不発。

さまざまなシチュエーションを想定して、迅速にGO／NOGO判断——続行・中止の判断ができるように体と頭を慣らしてゆく。

バックパックの空気が尽きてきたので、二人はトレーニングを終え、船内に戻った。

ついでに貨物モジュールから食料や水酸化リチウム・カートリッジなど、消耗品を取り出して船内に移す。オービターにはエアロックがないので、出入りのたびに船内の空気を捨てなければならない。出入りの回数は厳しく制限されている。

船内に空気が満ちて全員がヘルメットを脱ぐと、操縦席の茜がソランジュに言った。

「あの、ジュピター2から軌道修正プログラムがアップロードされてきたんですけど、ちょっと変なんです」

茜は液晶ディスプレイに軌道図を表示させた。

月と地球を結ぶ月トランスファー軌道は、一般に想像するより遙かに細長い。ソフトボールとピンポン球を三メートル離して並べると、地球・月系の正しいスケールモデルになる。ふたつの球の間に輪ゴムを8の字にかけたような曲線が月トランスファー軌道だった。

「現在位置はまだ道のりの三分の一ぐらいだから、ほとんど差はないんですけど――」

軌道の途中にあるウェイポイントのひとつを、数値で表示させる。

「ほんのわずかですが、手順書の予定軌道とずれています」

「出発がずれたせいじゃないの？」

「それを考慮しても、この差は不自然です」

茜は自分の解釈を説明した。

月飛行モジュールは最初、自由帰還軌道とよばれる軌道に投入される。万一エンジンが故障しても、この軌道なら勝手に月の裏をまわって地球に舞い戻ってくるので、安全性が高い。

　だが、いつまでも自由帰還軌道のままではいない。そのままでいると月周回軌道への移行が難しくなるので、可能な限りなめらかに、燃料を無駄遣いしないように軌道修正していく。これをハイブリッド軌道という。

「今日届いた修正プログラムは、自由帰還軌道からハイブリッド軌道に移行しようとする意志が感じられないんです」

「意志が感じられない？」

　不穏な表現に、ソランジュは眉をひそめた。

「ジュピター2は私たちを月に降ろさないつもりだというの？」

「考えすぎでしょうか」

　アポロ計画では月の赤道に近い、無難な場所にばかり降りた。両極の上空を通る今回の飛行では自由帰還軌道とハイブリッド軌道のギャップはかなり大きい。

　このまま自由帰還軌道を取っていたら、月周回軌道に乗りそこなう。ＬＥＯを離脱して全システムの正常を確認したら、ある時点で自由帰還軌道は放棄すべきなのだ。

「ジュピター2は私たちの月着陸を承認してないんです。手遅れになったところで事実を明かせば、私たちが月着陸をあきらめて、何もせずに地球に戻ると考えたんじゃ」

「あなたを連れてきてよかったわ、茜」

ソランジュは言った。

「正しいハイブリッド軌道を計算できるかしら」

「可能です。こちらからは正確な速度測定ができないんですけど、さっき届いた自由帰還軌道から逆算すれば」

「オーケイ、ではその位置情報から軌道修正プログラムを作って実行してちょうだい。コンピュータをスタンドアローン・モードにするのを忘れずに。二度と地球に乗っ取られないようにしなきゃ」

「軌道修正の噴射をすれば、ジュピター2は気づくと思いますけど」

「かまわないわ」

ソランジュは不敵な笑みを浮かべた。

ACT・5

月飛行モジュールが小さな噴射を実行すると、搭載コンピュータはそれに関わるバルブや推進剤の動き、温度、圧力、電流の変化をとらえて、自動的に地球に向けて送信する。

これをテレメトリという。

　十万キロを渡ってきたテレメトリはＤＳＮのひとつ、アメリカのゴールドストーン局が受信、増幅し、再び空に放った。データの列は静止衛星を介して南米のジュピター2に中継される。

　月飛行モジュールがみせた予想外の挙動に最初に気づいたのは、誘導航行主任だった。飛行主任が確認し、フランクール部長が呼び出された。

　三人の前に軌道図が表示され、内容が吟味される。

　宇宙船が行き当たりばったりに飛ぶことはない。その軌道は当事者の意図が最初から反映される。軌道に乗った最初の時点ですべてが確定すると言っても過言ではない。月トランスファー軌道は極端に細長いので途中での修正が意味を持つが、それも航程の三分の一を経過した今となれば決定的だった。

　月飛行モジュールは月周回軌道をめざして、正確なハイブリッド軌道を描いていた。

　フランクールは突然笑いだした。

「やりおったか！　制御システムはロックされてるんだな？　いいぞ！」

「いいぞって部長、これじゃもう手の出しようがありませんよ」

「好きにさせるさ。娘どもはテストに合格した。自分で月に降りる資格を得たんだ！」

　飛行主任はフランクールに批判的な眼差しを向けながら、

「嬉しそうですね？」

「嬉しくないのかね。月着陸を中止しなくていいんだぞ？」

「それで何が起きるか――私には責任が持てませんが」

「かまわんさ。我々が誘導して無知な小娘を月に運ぶのなら責任も問われよう。だがそうじゃないんだ！」

フランクールは顔を紅潮させ、拳をふりあげた。

「彼女たちは自分で飛んでる！　ヤッホー！　もう誰にも止められん！　それが本物の宇宙船ってもんだ！」

報道席にいた数人の記者が、何事かとこちらを見た。

フランクールはプロジェクション・スクリーンの前に進み出た。そして叫んだ。

「みんな聞け！　彼女たちは月に行く。全力をあげてサポートしろ！」

ACT・6

ゆかりはペイロード区画に潜り込んで、スポンジでスキンタイト宇宙服の表面をぬぐった。いわゆる〝スポンジ風呂〟だった。裸になって体を拭けばベストなのだが、三日ぐらい着たままで過ごすことはよくある。スキンタイト宇宙服は〝第二の皮膚〟と言われるだけあって、表面をぬぐうだけでもかなりさっぱりするから不思議だった。

「さて、こんどはそっちの番よ」

ゆかりはソランジュを招いた。

「手伝ったげるからさ、いいかげん宇宙服脱ぎなよ」

「まだいいわ」

「見るからにかったるいじゃん。その格好で動きまわられるとこっちまで狭いし、ボディスーツ着替えればさっぱりするしさ」

打ち上げ以来、もう三十時間も着たきりだった。下着感覚のスキンタイト宇宙服ならまだしも、甲冑《かっちゅう》のようなハードシェル・スーツは長時間の着用に向いていない。

「じゃあ……脱いでみようかしら」

ソランジュはためらいがちに、胴体側面の金具に手をまわした。

胴体の後ろ半分がぱくりと開き、肩まわりも固定が解けた。改めて見れば、さほど厚みもないシェルが、強度と気密を保ちながらこれほど大きく開閉できるのは驚きだった。

甘酸っぱいような体臭が漂い出す。ソランジュは両腕を抜き、空になったスーツの上半身を前方に折り曲げた。

あとは両脚を抜くだけだった。

ソランジュは爪先を壁の固定具に掛けて、脚を抜こうとした。

うまくいかない様子なので、ゆかりは背後からソランジュの上半身をつかみ、引っ張ろうとした。

「いいわ、手伝わなくても」

「遠慮しないで。女どうしじゃん」

「よけいなことはしないで。一人でやれるから！」

「こういうことはチームワークでさ、いくよ」

「ちょっと！　待って！」

ゆかりは自分の両足を周囲の構造材にかけて、力任せにソランジュの体を引っ張った。

「**あううううう‼**」

ソランジュは絶叫した。

「どっ、どした⁉」

ゆかりは狼狽《ろうばい》した。ソランジュは答えない。歯を食いしばって激痛に耐えている。

「何、どうしたの⁉」

「ほい、何があった？」

茜とマツリもやってくる。

「いや……ちょっと引っ張っただけなんだけど……おい、ソランジュ、大丈夫⁇」

金髪からのぞく耳朶《じだ》が真っ赤になっていた。

「どこが痛むんですか？」

茜が体を反転させて、ソランジュの脚に顔を近づける。

そしてハードシェル・スーツの右脚のふくらはぎ部分に、三日月状の白い筋を見つけた。

「これって、シェルが凹《へこ》んだ跡じゃ！」

「えっ？」

見覚えがある。座屈したイヴェットのスーツの腕もこうなっていた。この素材は大きく曲がっても割れずに復元する。気密を保つために必要な仕様だった。

だが、イヴェットは命拾いしたかわり、骨折したのだ。

「てことは、あんたも……？」

ソランジュはうなずいた。

痛みがやや引いたのだろうか、スーツの上半身を起こして腕を通し、背中を閉じた。

「まだ……脱げる状態じゃなかった……腫れてて……」

迫ってきたオービター・ヴェルソーを押し退けようとした時だった。

ハードシェル・スーツの関節は斜めにスライスした円筒を組み合わせたもので、素早い動きには追従《ついじゅう》できない。全身が一本の棒のようになり、右脚に応力が集中した。そして座屈した。

「なんで――なんで今まで隠してたのさ！」

「イヴェットといっしょに、帰還するわけにはいかなかった」

「だけど自分で言ってたじゃん、ゼロG状態で骨折を放置しちゃだめだって！」

ソランジュは苦痛ににじんだ目で、ゆかりを見た。

「こうも言ったわ。自分ひとりの命なら、って」

「……」

返す言葉が見つからない。

茜は正視に耐えかねて、掌《てのひら》に顔をうずめている。

マツリは何を思ったか、ロッカーから工具箱を取り出した。

「スーツを分解しようっての、マツリ？」

「無理よ、やめて」

「ちがうよ。――これがいいね」

マツリは十四ミリのソケットレンチを取り出した。

「タリホ族の女は亭主が死ぬと自分の指を切って弔《とむら》うよ。マツリはソランジュのために指を折るね」

と、中指をレンチに突っ込む。

「ままま待て待て待て！」

ゆかりはあわててレンチを奪った。

「部族の儀式やるなら、地球に帰ってから！」

「マツリはこのほうが楽になれるよ。みんなもやろう」

「つーか、これ以上状況を悪化させちゃ困るんだってば！」

「気持ちだけでいいわ、マツリ」

ソランジュは弱々しく笑った。

「スーツがギプスの代わりになってるの。着ている限り、強い痛みはないし、脱がなくても死ぬわけじゃない。排泄もできる」

「だけど、月面活動はどうすんのさ」

「脚で複雑な操作はしないわ。突っ張ればいいだけだから。土壌コアを切り出すのは……ゆかりに頼るけど、装置を支える役には立てるはず」

「しかしなあ」

「忘れないで。月面には六分の一の重力しかないってことを」

「うーん……」

体重は装備込みで十キログラム相当にしかならない。だが慣性はそのままだ。止まる時は三歩前から準備を始めよ、と手順書にはあった。そしてもちろん、片足が不自由なまま月面歩行した前例はない。

考え込むゆかりを見て、ソランジュは目を伏せた。

「騙すつもりはなかったわ。ゆかり——いずれ打ち明けて、あなたの承諾を得るつもりだった。私の骨折があなたを危険にさらすんだから。でもまだ三日ある。月の周回軌道に乗る頃には、ひょっとしたら、もっとましな状態になってるかもしれない。だから——」

「いいよ、大丈夫。なんの問題もない」

ゆかりはソランジュに手をさしのべ、そっと引き寄せた。

「月に降りるまでに、あたしが聞いときたかったのはひとつだけ。そっちがさ、どれくらい行きたがってるかってこと。フランス人て、どうもそのへんで心が通わない感じだったんだ。でもこれでいいよ、もうわかった」

脱脂綿を差し出しながら、ゆかりは言った。

「這ってでも行こう。月に」

ソランジュは目を見開いた。こぼれようとしない涙に、光がまたたく。

第六章　ここに泉あり

ACT・1

「みっなっさーん、こんにちはぁぁぁ！　フジミテレビの追っかけレポーター、桃井《ももい》敬子《けいこ》でーっす！　突然の反乱でいまや全世界がテレビに釘付け、美少女宇宙飛行士たちの決死の月飛行レポート、今日も南米フレンチ・ギアナはクールーのギアナ宇宙センターからお届けしまーっす！　さて月飛行も今日で三日目、いよいよゆかりちゃんたちは月周回軌道に乗っかろうとしています！」

画面はスタジオに切り替わり、生え際の後退した男性キャスターが出た。

「いよいよ運命の時が迫ってきましたが、その月周回軌道っていうのは——桃井さん？　桃井さん？　聞こえます？」

「はいはい、よっく聞こえますよぉ！」

「僕ねえ、どうも月飛行のことは複雑でよくわからないんですが、月へ行くってんならどーんと打ち上げてそのままびゅううんと飛んで、すとんと月に降りりゃいいじゃないかって思うんですけど——今回はまず地球のそばでぐるぐる回りながら宇宙船を組み立てて、それから月に移動して、月でもまわりをぐるぐる回るわけですね？」

「ええそうなんです！　これをＥＬＯＲ、アース・ルナ・オービット・ランデヴーと言いましてぇ、両方でぐるぐる回るんです。なんでかっていいますと、ロケットの力が足りなくて、ぎりぎりまで軽いものしか月に運べないからなんですね。全部がまとめて降りられないんでぇ、ポアソンが母船になって月を回りながら待機して、その間にちっちゃな二人乗りのポレールだけが月面と往復するんですぅ」

「母船から小人数で降りるっていうと、なんか登山でやる頂上アタック隊みたいですね」

「そうなんですぅ」

「えーっと、ポアソンってのはこれですね」

キャスターは模型を引き寄せて指差す。

「正式には全体を月飛行モジュールと言うんですってね。その先っぽにある三角の、これがポアソンなんですが、通信なんか聞いてますと全部ひっくるめてポアソンポアソンって言ってますね。で、月着陸機のポレールっていうのはポアソンの後ろのここ、貨物モジュールの中に折り畳んであると――これですね。ゆかりちゃんとソランジュ・アルヌール船長はこれに乗っかって月に降りるわけですね？」

「はいはい、そうなんですぅ！」

「これからのヤマ場ってのはどこなんでしょうか？」

「まずはですねえ、ポアソンが月をぐるぐる回る軌道に乗れるかってことなんですね」

レポーターは月球儀を掲げて、その底を示した。

「ポアソンはまず月の南極の上を通って、裏側にまわります。月をぐるっと一周するのに二時間かかりましてぇ、裏側にいる一時間は地球からの交信ができないんですね」

「ははあ、音信不通ですか!?　じゃあなにが起きてもゆかりちゃんたちは、自分たちで判断しないといけないんだ！　うわー大変だなあ！」

わざとらしく驚いてみせる。

「そうなんですぅ、もう私たちもドキドキハラハラなんですよぉ。二周目からはリピーターっていう中継装置を飛ばして、月の北半球にいる間は交信できるんですけど、でも助けに行けるわけじゃないですからぁ、もー無事を祈るしかないって感じで大変なんですよう」

「わかりました。ギアナ宇宙センターから生中継でお伝えしました。桃井さん、これからも管制センターですか？」

「はいはい、月面からゆかりちゃんたちが戻ってくるまで、ずうううううっと寝ないで貼りついてますぅ!!」

それからキャスターは、手元にまわってきた原稿を読み上げた。

「えー、ついさきほどフランス大統領が今回の飛行についての談話を発表しました。えー、こんなことを言ってますね。〝四人のとった行動をなぜ賞賛してはいけないのか、私はひどく困惑している。いまは無事生還してくれることを祈るのみだ。結果にかかわらず、彼女たちの勇気と行動力は長く語り草になるだろう〟――はい、コマーシャル」

ACT・2

LEO離脱から七十時間。

月周回軌道への移行を目前にして、ゆかりは落ち着かない気分だった。

半日前までは、確かに月に向かっていることを実感できた。それがいよいよ月周回軌道に乗り移る時になると、船は何もない虚空に向かいはじめたのだ。

しだいに頻度を増す噴射の方向も直観に反している。船首や船尾を月に向けることは一度もなく、まるであさっての方向に噴射する。

「ううん、これでいいの」

茜は自信をもって言い切った。

「私たちは地球を背にして進んでて、右からやってきた月と交差するところ。ここはもう月の引力圏だから船は勝手に加速してるけど、月は秒速一キロで前進してる。そういうベクトルを全部足し算して、船が月の南極上空に来たとき月面と平行に秒速一・六キロで飛べばいいわけだから」

なんだかよくわからない。地球を周回するだけの軌道飛行ならゆかりも慣れているが、他の天体に乗り移るのはこれが初めてで、要領がまったくちがった。すべての問題は高校で習う物理で解決でき、月に行くからといってなんら新しい知識は必要ない――と茜は言うのだが。

茜は、見慣れない月面の地形をガイドした。

いまや月は観測窓いっぱいに広がり、一つ目の巨人のような顔をしていた。地球から見ると西端にあってほとんど見えない月面最大のクレーターが、いまは正面の高い位置に鎮座している。それは月の直径の五分の一にも達するので、オリエンタル海と呼ばれていた。それが生まれたときの衝撃は、あと少しで月を粉砕したといわれている。

オリエンタル海の右上には嵐の大洋が黒ずんだ染みとしてひろがっているが、ほかは一面のあばた面《づら》だった。地球からは南極に近い場所に見えるクラビウス・クレーターも赤道近い位置に見える。

船のコンピュータは茜の入力したプログラムを着々と実行してゆく。前触れのチャイムが鳴って船体が回転しはじめ、月は視野を外れた。軽いGが加わり、浮遊していた宇宙食のパッケージが後部隔壁に落下する。ソランジュは六分儀で月、地球、太陽の位置を測り、自分の位置を割り出した。

「いいわ。すべて予定通りに進んでる」

それから地球に連絡した。

「ポアソンよりジュピター2、ウェイポイント五十六を定刻に通過。月周回軌道まであと二十六分」

『ウェイポイント五十六通過、了解。成功を祈る』

この距離では、相手がすぐに応答しても三秒弱のブランクが生まれる。それは不自然に長く感じられ、いらぬ緊張感をもたらした。なんのことはない復唱が返ってくるとため息が出てしまう。

「だけど向こうが返事を待ってる時はもっと緊張するだろーね」

「ほい、ポアソン応答せよ！　二酸化炭素分圧が異常だ！——がりっ」

マツリが管制官の口調を真似る。ゆかりは腕時計で三秒測って答えた。

「あー、こちらポアソン、それはたぶん換気口の前でコーラの栓をぬいたためと考えられる——がりっ」

SSAの三人は大いに笑った。ソランジュでさえくすくす笑っている。

緊張が笑いを増幅しているにちがいなかった。

自由帰還軌道とハイブリッド軌道のギャップは大きい。もし月周回軌道に乗り損ねたら、船が地球のそばに舞い戻ってくるのに何十日もかかる。物理的な損傷はなにひとつなくても、船は死の棺《ひつぎ》になるだろう。ほんの少し減速すれば地球のどこかへ降りられる、いつもの軌道飛行とは大違いだった。

推進段の噴射が終わると、姿勢変更用のバーニア噴射に制御が移った。

「大きな噴射はいまのが最後」

「乗ったかな？」

「そのはず」

船が首を振りはじめる。

いまは背面飛行の姿勢だから、月面は〝上〟にあるはずだ。

四人は固唾《かたず》を呑んで計器と窓を見守った。

三秒……四秒……五秒……

窓の外に、銀色の弧が降りてきた。

ほんの数キロ先と錯覚しそうな地平線から、月の裏側の光景が次々に繰り出されてきて頭上を流れてゆく。まるで山岳地帯を低空飛行しているようだ。

電波高度計の表示は百キロ、プラスマイナス三キロで安定している。数字のちらつきは地形変化のせいだ。

もう間違いない——月周回軌道に乗った！　四人は抱き合って祝った。これをじかに見た者は人類史上二十四人しかいないのだ。

ソランジュは我に返って送信機のスイッチを入れた。

「ポアソンよりジュピター2、本船は月周回軌道に乗った。軌道高度百キロ、全装置正常」

『ポアソン、おめでとう。テレメトリはすべて正常、ミッションの成功を——』

返信はそこで途切れた。船が月の裏側にまわったのだ。

交信途絶の間も仕事は山ほどあった。軌道の正確な測定、月着陸機ポレールの準備、リピーターの射出準備。

リピーターは超小型の中継衛星で、ポレール、ポアソンおよび地球間の交信を中継する。着陸地点は北極のクレーターの底だから、地球からは電波が届かない。そのためにリピーターを北極上空に数時間滞空させる。着陸機はこれにアンテナを向けて送受信すればよい。ポアソンもこれを利用することで、月周回の四分の三で地球・ポレールと交信できる。アポロ計画が地球を見通せる場所にしか着陸できなかったことを考えれば、大きな進歩だった。

　そのかわり、アポロ計画のように何日も月に滞在することはない。月をもう一周したら、ゆかりとソランジュは月面への降下にとりかかり、二時間滞在したら軌道に戻る。飛行の最も重要でクリティカルな部分が矢継ぎ早に起きるので、船内は急に慌ただしくなった。

「マツリ、天測おねがい！」

「ほいほい」

「月面用の手順書どこだっけ」

「昨日あなたに預けたままよ」

「ETA73のチェックリストはどれ？」

「スーベニア・ボックスってポレちゃんに移したっけ？」

「リストはここ」

「電卓、電卓！」

「月面図ここに貼っとこうか。テープどこ？　テープテープ」

「チェックリストの補足発見。昨日ファックスで届いたやつ」

「ゆかり、予備のエア・カートリッジは数えた？」

「数えた数えた。たっぷり六時間ぶんある」

　四人が忙殺されるうち、受信機が突然声を発した。

『……ソン応答せよ。ポアソン応答せよ。ジュピター2よりポアソン、応答せよ』

「こちらポアソン、感度良好――」

ああっ！

『ポアソン、いまの悲鳴はなんだ？　茜の声だったようだが』

「どうしたの、茜？」

ソランジュも茜のほうを見た。

「あっ、いえ、〝地球の出〟を見ようと思ってたんだけど……ごめんなさい、大声出しちゃって」

まだリピーターは作動してない。無線が入ったということは、すでに月の地平線上に地球が出ていることになる。どの窓からも、その劇的な光景は見えなかった。準備に追われて姿勢を変える暇がなかったのだ。茜はこれを楽しみにしていたのだが。

「まだチャンスはあるって」

ゆかりはなぐさめた。

月を四分の三周したところで、全員がヘルメットを着用し、船内の空気を抜いた。

ゆかりとソランジュは船外に出た。何度もリハーサルしたとおり、ポレールを引き出し、組み立て、装備を点検する。体を固定し、ウォームアップが終わると、ソランジュはポールの先からポレールを切り離した。

すぐには発進しない。バーニア・エンジンを短く噴射して姿勢を整え、ポアソンから百メートルほど離れる。

眼下の月面は、三日月の影にあたる部分だった。〝雲の海〟を出て、ティコ・クレーターにさしかかる。ほのかな地球照に照らされた月面に、急峻《きゅうしゅん》な地形はみられない。風雨に摩滅したように見える丘陵が、音もなく流れていた。その上にぽっかりとポアソンが浮かび、船首をこちらに向けていた。窓越しにちらちら動く人影は、茜かマツリか。

『ほーい、カメラを向けたよ。手を振って』

マツリののんきな声がヘルメットに響く。二人は注文どおり手を振った。

「こっちはすべて順調だよ。ポアソンもいい顔で浮かんでる」

ゆかりはソランジュに言った。

「クレーターって丸いのばっかりだと思ってたけど、けっこういびつだね」

『そうね。あんな段丘みたいになってるなんて』

「大きなのほど形がゆるいみたい……ところで月面での第一声は考えた？」

『いちおうね。お仕着せの原稿もあるけど』

「それって――うわっ、まぶし！」

視野の隅で光が爆発した。ゆかりは急いでサンバイザーをおろした。

二人は南極上空にさしかかっており、月面より一足先に日照を浴びたのだった。

明暗境界線が眼下に迫ってきた。

真横から光をあびたクレーターの内部にはわずかな光も届かず、うつろな眼窩《がんか》のように口を開けている。わずか数百メートル上に光の奔流があるにもかかわらず、それは宇宙そのものより暗かった。

北極の着陸地点もこんな闇の中にあるわけか……。

「な、なんかすごいよね、あたしたちってさ！　あんな真っ暗な中に降りてくんだ。アポロの男たちだってそんなことしなかったよね！」

『恐れることは何もないわ』

ソランジュは静かに言った。

『素敵よ。なにもかも素敵』

ゆかりの空元気《からげんき》はお見通しだったらしい。

南極から赤道に向かう三十分で、ポレールの発進準備は整った。着陸機は四本の脚を張り出し、ビーチパラソルのようにパラボラアンテナを開き、底部を前方に向けて横倒しの姿勢をとっていた。

もうリピーターのカバーエリアに入ったはずだ。アンテナをそちらに向けると通信リンクの成立を示す表示が出た。

「ジュピター2、こちらポレール。ファーサイドより通信テスト。応答願う」

「いいよ、やってみて」

三秒後――

『こちらジュピター2、感度良好。テレメトリはすべて正常』

「ポレールはまもなく降下に入る。全装置は正常、月着陸はGO」

『了解、ポレール。音声・画像とも鮮明だ。世界が君たちを見守っている。成功を祈る』

ソランジュに脚の具合を聞こうかと思ったがやめた。これからの無線交信は二人の会話もろとも世界中に生中継されるのだ。クールにいこう。女の子だからって、いつもきゃあきゃあ言ってるわけじゃないってことを見せてやる。

「ポレールよりポアソン、降下準備は予定通り進行中」

『ポアソンよりポレール、双眼鏡で外観をチェック、すべて異常ありません』

『ポレール了解』

『ジュピター2了解』

「オンボードチェック。電力、温度、圧力、通信ゲイン安定」

『了解。月着陸はGO』

ソランジュが計器盤に手を伸ばした。

『セイフティ解除。月着陸シーケンス・スタート』

数秒後、足元で二基のエンジンが点火した。

二メートルと離れていない場所でロケットエンジンの噴射を見るのは初めてだった。絹のような燃焼ガスが半球形にひろがり、ときどき白く輝く粒子が飛び散ってゆく。まるで噴水に乗っているようだ。

推進系統が集中表示された液晶ディスプレイを見る。

『月周回軌道離脱。ポレール、降下開始』

「温度、圧力、すべて正常。高度九十七キロ、九十四、九十二――」

『ポレール、順調に降下中。月のロストワールドが見えてきた』

のっぺりとしていた月面に、しだいに陰影が目立ちはじめた。北極が近づいている。

高度二十キロを切る。二十キロっていうと……横浜から品川くらいだっけ？

クレーターの中にクレーターがある。降下するにつれて小さなクレーターが見えてくるので、距離感がつかめない。明暗のコントラストが強いせいで、何だかすごく険しい地形に見えてくる。落ち着け落ち着け。

『照明弾スタンバイ』

「了解」

その発射器は迫撃砲のような形をしていた。撃鉄を操作するワイヤーが手元に来ている。

ゆかりは保護カバーを外した。

高度二千メートル。北極上空。

横倒しで降下していたポレールは起立姿勢になった。エンジンはアイドリング状態で、暗黒の地表に向かってほとんど自由落下している。

真横には、満月の四倍の大きさで地球が浮かんでいた。

それを除けば、世界は上も下も暗黒だった。

『ゆかり、照明弾発射』

「了解」

引き金を引く。下方に飛び出していったカプセルはすぐに見えなくなった。

不発か、と思った瞬間、ふたつの光芒が出現した。

ひとつは照明弾の閃光、もうひとつは――

「すごい！　照明弾で地面が――月面が光ってる！」

『こちらポレール。直下の月面は平坦で高い反射率を持っている。海面に太陽が反射しているような感じだ』

高度五百メートル。さらに照明弾を放つ。褐色の月面がぎらりと光る。

『こちらポレール、月面はごく平坦で着陸地に迷うことはなさそう。降下率、毎秒三メートル、まもなく逆噴射にかかる』

噴射が始まると、液晶ディスプレイの残燃料バーがぐんぐん短くなってゆく。同じ画面に高度、降下率と連動した燃料消費の相関図があり、グラフがある範囲に留まっていれば着陸できる。

ゆかりは高度と燃料消費状況を読み上げた。

「高度二百、残燃料グリーン……高度百八十、残燃料グリーン……百四十、グリーン、降下率ちょい過大……百十……照明弾いく？」

『そうして』

「照明弾発射……下方は平坦、高度六十、残燃料グリーン、降下率グリーン……」

照明弾が光を放ったまま月面でバウンドするのが見えた。

「フラッドライト点灯、月面は平坦」

『こちらポレール、月面まであと十メートル……まもなく着地する』

ライトに照らされた褐色の月面に、放射状の噴流がひろがってゆく。まるで地吹雪のようだ。

着陸脚が接地した。緩衝シリンダーを縮めながら、機体はなおも沈み込む。

『エンジン・カットオフ！』

ソランジュがそう告げたのと、同時だった。

ポレールは突如、ひとつの脚を接地したまま、しこを踏む力士のように体を持ち上げた。

「えっ？」

世界が九十度回転した。

視界がぶれ、衝撃が襲った。ハーネスが体に食い込む。

なにもかもめちゃくちゃになった。

『きゃあ！』

アンテナがマストに押し潰される百分の一秒前、そんな声が送信された。

それがソランジュの月面第一声だった。

ACT・3

暗闇でのたうちまわる。いつも見る夢だな……。

まぶたを開く前、ゆかりはそんなことを思った。

まぶたを開いても、何も見えなかった。目をこすろうとすると、何か丸いものに遮《さえぎ》られた。ヘルメットだ。

ヘルメットのライトを点《つ》ける。ねじ曲がった軽金属と、暗い地面が見えた。

思考力がよみがえった。夢じゃない。月だ。自分は月面にいる。

着陸機が、急に転倒して――いまも転倒したままだ。

やばい、爆発する！

ゆかりは急いでハーネスを解き、三百キロの爆発物から離れようとした。

体は動くのか？　わからないが、とにかく動かしてみる。

動いた。あちこち痛むが、どこも折れてない。

そうだソランジュ。

体を持ち上げて、振り返るとソランジュはそこにいた。

「おいっ！　ソランジュ！　生きてるっ⁉」

返事がない。インカムが壊れたのだろうか。

ゆかりはよたよたと座席を抜け出し、からみあった金属塊の反対側にまわった。

ハーネスを外し、ピンクのハードシェル・スーツに包まれた体を引き上げる。

ソランジュを抱えたまま、ゆかりは月面に立ち上がった。立てる。ソランジュの体重はほとんど感じない。火事場の馬鹿力というやつだろうか、そのまま五十メートルほど離れた。そこで身を伏せようとしたがうまく止まれず、ずるずる滑ったあげくに二人して月面に倒れ込んだ。

匍匐《ほふく》する兵士さながらに様子を見守ったが、ポレールが爆発する様子はない。

少し余裕をとりもどすと、ゆかりはソランジュに馬乗りになり、覚悟を決めてヘルメットのサンバイザーを開いた。

透明のフェイスプレート越しに、血の気のない顔が見えた。

気密が破れた様子はない。

気絶しているだけならいいが。ゆかりはソランジュの上体をゆすった。

「おい！　おいっ！　ソランジュ！」

フランス娘はうっすらと目を開いた。

ゆかりは声が直接伝わるようにフェイスプレートを接して、呼びかけを繰り返した。

『ああ……ゆかり……どうして』

声はスピーカーから聞こえた。インカムは壊れていない。

「ポレちゃんが転倒したんだ。安全距離は取った。体と装備点検して。どっか痛む？」

ゆかりは相手の傍らに移動し、ひざまずいた。

ソランジュはもぞもぞと体を動かした。荒い息が聞こえる。

「どう？　折れてる？　脱臼《だっきゅう》とかは？」

『いや……痛むけど、いつものとこ。新しい骨折はないみたい』

ソランジュは上半身を起こした。

『ポレールはどこ？』

「頭のほう。気をつけて。爆発するかも」

ソランジュは身をひるがえし、うつぶせの姿勢になって顔をそちらに向けた。ゆかりもその横に伏せた。

目が慣れたせいか、月面は完全な闇ではなかった。頭上には降るような星空がある。クレーターの外輪山の稜線だろうか、地平線近くにちらちらと日照のある部分があり、漁火《いさりび》のように月面を照らしている。

だが、まだ光が足りない。二人でビームライトを取り出して前方を照らした。

滑走路のように平坦な月面の彼方に、もつれあった金属の塊が転がっていた。

煙やガスは洩れていないようだが……。

「ん？」

自分のフェイスプレートの前に何かが漂っている。見るまにそれはフェイスプレートに付着して、複雑な六角形の模様を描きはじめた。

「な、なにこれ⁇」

と同時に、全身に冷気を感じて、ゆかりは月面から身を離した。靴だけを月面に触れるようにして、しゃがみこむ。

氷だった。スキンタイト宇宙服は真空中では申し分のない断熱性を発揮するが、物質に直接触れると熱を移してしまう。体温で月面の氷が融け、揮発してフェイスプレートに着氷したのだった。

『やはり……氷原なのね。月に氷は存在したんだわ』

ソランジュも身を起こし、月面に触れていた手や肘を調べている。

『そうか、それで……』

「それでって？」

身を起こしたとき、ハードシェル・スーツが月面から剝がれるような感触があった。

それでソランジュはポレールが転倒した理由を悟ったのだった。

着陸脚の先端には金属の円盤がついていて、そこが最初に月面に接する。月面の表面温度はマイナス百八十度C。着陸脚は噴射の熱が伝わって常温になるから、接地した瞬間に氷が融け、ただちに熱が奪われて再凍結する。

いっぽう、燃焼ガスをあびた月面の氷は水蒸気となって膨張し、想定外のクッションとして作用した。

『どうもあなたと組むと、地面効果が裏目に出るジンクスがあるようね』

「地面効果って……あのとき、エアバスがなかなか着地しなかったのと同じ？」

『そう、たぶん。燃焼が急に不安定になったような気がして手動でエンジンを切ったんだけど、間に合わなかった。ポレールは再び浮き上がろうとした。ところが着陸脚のひとつが月面に凍りついていた。それでバランスを失って転倒した』

接地面にもっと熱容量の小さい素材を使えばよかったのかもしれないが――無理もない

かな、とソランジュは言った。月面の氷は、泥にしみこんだ永久凍土のような形で存在すると考えられていたのだ。

『むきだしの氷原になってたら、ぜひスケートをしてみたい、なんて冗談を言ったものよ。まさか本当にそうだとはね』

ソランジュは少し笑った。それから立ち上がった。

『ゆかりはここにいて。ポレールの様子を見てくるわ』

「まだ危ないよ」

『この宇宙服なら平気よ』

そうかもしれないけど……。

ゆかりは固唾を呑んで、ふらふらと前進するソランジュを見守った。片足が不自由なまま、六分の一Gの氷上を歩くのは容易ではなさそうだ。

靴底が充分に冷えたせいか、氷に張りつくことはない、とソランジュは報告してきた。

それでも二度転倒した。さいわい前方に倒れたので、腕立て臥せの要領ですぐに起き上がったが――ゆかりはもう、見ていられなくなった。

「あたしも行くよ。どっちみち爆発したんじゃ生還できないでしょ！」

『それはそうね』

ゆかりはこけつまろびつしながらソランジュに追いつき、肩を貸した。

『いいわよ、自分で歩けるから』

「見てらんないんだってば」

と言いつつ、ゆかりも転びかける。引きずられてソランジュまで転びかける。

『これじゃ〝だめな双発機〟ね。どちらかのエンジンが止まると墜落する。単発機にくらべて故障率が倍になるだけ』

「かわいくないなー。あたしは、あんたが変な向きに倒れないようにって思ってさ」

『感謝しておくわ』

歩くうちに足が冷えてきたので、ゆかりはヒーターのスイッチを入れた。

マイナス百八十度Cといえば液体窒素並みの低温だ。ゆかりは理科の演示実験で、液体窒素に浸して凍らせた花が手の中で粉々になったのを思い出した。

もしスキンタイト宇宙服がありふれた素材でできていたら、さっき腹這いになったとき、同じことになったかもしれない。低温には破壊力があることを心しなければ。

二人はポレールにたどりつくと、慎重に各部を点検してまわった。

「どう？　大丈夫そう？」

『推進剤も酸化剤も、洩れてないようね……でもエンジンは片方、完全に壊れてる』

「まじ……」

ゆかりは横倒しになったポレールの底部にまわりこんだ。

二基並んでいるロケットノズルの片方が、ぐしゃぐしゃに潰れていた。

ポレールのメインエンジンはオービターの軌道変更エンジンを流用したもので、二基束ねて使用する。ほかには姿勢制御用のバーニア・エンジンがあるだけで、これはスプレー缶ほどの推力しかない。

「これも〝だめな双発機〟ってやつ？　エンジン一基じゃ帰れない？」

『はっきり言って無理ね』

「だけどさ、燃料がまるまる残ってるんだったら、倍の時間噴射すればいいんじゃ」

『重力損失よ、問題は』

二基あるエンジンのひとつが壊れると、推力は半分になる。軌道上で使うなら、推力が半分でも倍の時間噴射すればいい。

だが月面上ではそうはいかない。自重百キロの機体が百五十キロの推力で噴射すれば離昇できるが、その半分ではいくら噴射しても月面を離れられない。運動エネルギーを蓄積できないのだ。

「そっか……」

終わったかな。

急に死の予感がこみあげてきた。

この暗闇のなかで死ぬ。自分が。

「ええっと、あとどこ調べるかな。アンテナか。アンテナアンテナ」

『パラボラアンテナは潰れてるわ。直せるかもしれないけど』

「アンテナ、アンテナと」

『でも低利得アンテナは無傷よ』

「アンテナ、アンテナ」

　こんなさびしい場所で。

　凍りついた、誰も来ない、永遠の闇のなかで。

『ゆかり？』

「アンテナどこかな」

　冷えて、窒息して。

　ひとりきりで。

「アンテナどこかな」

『もう両方調べたわ、ゆかり』

「アンテナ、アンテナーっと」

『ゆかり』

「アンテナ、アンテナどこいった」

『ゆかり！』

肩に痛みを感じた。上体が乱暴に揺さぶられる。

目の前にソランジュのヘルメットがあった。

フェイスプレートがかち合い、鈍い音をたてた。

『ゆかり、しっかりなさい！』

「え？……あれ？」

ゆかりは我に返った。

『生きてるうちから死なないでちょうだい。まだ仕事はたくさんあるのよ』

ああ、そうだった。死んでた。

『生き返った？』

「ごめん、ありがと。生き返った」

『できることからやりましょう。まず地球に連絡しないと』

「だよね」

いかんいかん。あたしとしたことが、ソランジュに助けられるなんて。

ゆかりは任務に復帰した。

「バッテリーは生きてるみたい。無線のスイッチ入れてみよっか」

『待って。漏電してエンジンが暴発したら恐いから』

ソランジュはヒューズボックスの蓋をこじ開けると、慎重に電気系統を分断した。

『いいわ。やってみて』

　二つの席の両方から操作してみたが、無線機はパイロットランプすら点灯しなかった。調べてみると、折れた着陸脚の構造材が二系統ある無線機の箱を貫通していた。

「あーあ、せっかく二つあるなら離して取りつけてくれればよかったのにな」

『使える無線機は宇宙服のだけってことね』

　だが宇宙服の無線機はPHS程度の出力しかない。リピーターが中継してくれればいいのだが、周波数が違うし距離も遠すぎる。月面活動中の会話はすべてポレールの無線機を介して送信されるシステムだった。

　二人は貨物ラックを調べた。土壌コア採集用のボーリング装置。これはコルク抜きを大きくしたようなもので、月面の土壌を直径八センチ、深さ五十センチの円筒形にくりぬける。片方がピッケル状になった採鉱ハンマー。ニコンのスチルカメラ。試料を収める断熱容器。月面に残すフランス国旗と記念プレート。月まで運んでただ持ち帰るだけの、切手やメダルをおさめたスーベニア・ボックス。補修用の工具。宇宙服用の予備のバッテリーパックとエア・カートリッジが六時間ぶん。月着陸にゆかりが参加するのは想定外だったが、SSA用のも補充してあった。

　ウエストバッグにあるものを見せあってみる。ビームライト、ストロボ信号灯、マルチプライヤー、ナイフ、宇宙服の補修キット、小型の標本瓶、真空中でも使える手帳とボールペン。

標本瓶は緊急に離昇しなければならなくなった場合にそなえて、着陸してすぐに一片の月試料を収めるためのものだった。

『やれることはしておこう。ゆかり、おねがい』

「うん」

ソランジュは袋を破って標本瓶とピンセットを手渡した。

しゃがむのが難儀なソランジュに代わって、ゆかりは足元の月面にハンマーを打ち込んだ。氷のかけらをピンセットでつまみあげ、瓶に移す。氷は褐色の半透明で、コーヒーゼリーのようだった。

『濁ってはいるけど、大部分は水ね……すごい』

ソランジュは標本瓶を手にすると、ガラス越しに長いこと眺めていた。

それから、闇の平原に目を向けた。

『いつかここは都市になるわ。無尽蔵のエネルギーと水があるんだから』

「水はいいけど、無尽蔵のエネルギーって？　原発でも建てるの？」

『そんなことしなくてもいい。月の極は文字どおり両極端なの。ここは永遠の夜だけど、クレーターの縁まで登れば永遠の昼になる。いくらでも太陽エネルギーが取り出せるわ』

「そっか……」

月面都市。そこに殉死した二人の少女の銅像が。

いかんいかん、そのことは考えちゃだめだ。

そのとき、ソランジュが急に声を高くした。

『そうか、そこに登れば――』

「え？」

『クレーターの縁まで登れば、地球が見えるわ！　そしたら宇宙服の無線でも届くかも！」

「無理だよ、こんな出力じゃ」

『忘れたの？　地球にはディープスペース・ネットワークがあるってこと』

「あっ！」

巨大なアンテナを持つDSNは、地球・月間の三万倍も離れた探査機と交信できる。電波の減衰はその二乗だから九億分の一。それで交信できるなら、ここからPHS並みの出力でも交信できるかもしれない。

「……だけど、DSNは宇宙服の無線機の周波数になんかチューンしてないよね」

『向こうが気づくことを祈るだけ。でもやらなければ可能性はない。照明弾が残ってたわね？』

「あと二発」

『使ってみよう。歩いていける範囲に外輪山があったら、試す価値はあるわ』

マルチプライヤーを使ってポレールの機体から照明弾のランチャーを外す。

ソランジュが地球のあるべき方向に構え、ゆかりが操縦席の引き金を引いた。

カプセルは星空に消えた。

『目をそらして』

直後、閃光が降りそそいだ。

二人は急いで周囲を見回した。

『ゆかり、あれを見て』

ソランジュの腕の方向を見る。彼方に屏風《びょうぶ》のように高さのそろった山脈——というより丘が薄暗く見えた。クレーターの外輪山だ。標高は事前のレーダー測量で、百五十メートル前後とわかっている。

「遠いな。地平線よりずいぶん向こうじゃん」

『月の地平線は地球の半分、たった二キロ先よ。ここが予定通りの位置だとすれば、外輪山までは十キロくらいのはず』

「十キロって、簡単に言うけど——」

さっきは五十メートル歩くだけでも苦労したのに。

『ペガサス座をめざして歩けばいい。帰りは——ストロボ信号灯を目印に置いていけばいいいわ』

「でもさ、生命維持、あと六時間だよ。戻ってこれる？　それよりここで対策を考えたほうがよくない？」

『ここにいて、もし何もできなかったら？』

「それは……」

それは最悪のパターンだ。

「じゃあたし一人で行ってみるよ。ソランジュはここにいて」

『それはだめ。あなたじゃ技術的な話ができないわ』

「だけどさ……」

その脚じゃ。

ソランジュは目の前にやってきた。ヘルメット越しに、まっすぐこちらを見る。

『ゆかり、私は知らせたい』

「え？」

『ここに泉がある。ここが宇宙への懸け橋だと。水を電気分解すれば、燃料が作れる。燃料は簡単にLEOまで運べる。もうアリアンVを連結しなくても月と往復できる。鉄もアルミもチタンもシリコンもダイヤモンドもコンクリートも食料も、すべて月でまかなえる。永住できる都市ができる。そして月は、あらゆる世界への出発ゲートになる』

ソランジュは話し続けた。

『けれど地球が何も知らずにいたら。このミッションが失敗したら、アリアンは月から手を引くでしょう。中国の採掘ロボットだってどうなるかわからない。そしたら次に誰かがここに来るのはいつ？　人類がこのまま地球の資源を食い潰して身動きできなくなるまえに、最初のステップを踏まないとだめ。だから地球に知らせないと。それさえできれば、ゆかり、私は——』

こういう時、言ってはならないことを、ソランジュは明瞭に発音した。

『私は、死んでもいい』

ACT・4

月周回軌道にいる茜とマツリは、その声を地球より一・三秒早く聞いた。

『きゃあ！』——それを最後に、すべての送信が止まった。

ポアソンはもう着陸地点から遠ざかっていて、状況を視認することはできなかった。

リピーターは生きているから、着陸機になにかあったとしか考えられない。アンテナも無線機も電源も二系統ある。単純な故障とは考えにくい。かなり大きなトラブルだ。

「ジュピター2、こちらポアソン、茜です。その後わかったことはありますか」

『まだテレメトリを解析中だが……着陸脚一と二が接地したのが送信途絶の一・三秒前。その〇・二秒前にエンジンをカットオフして、主機の燃料バルブは閉鎖している。〇・八秒前から姿勢が大きく乱れている。それから信号が急に減衰した』

「信号が弱くなったのは、高利得アンテナの向きがリピーターをそれたせいでしょうか」

『おそらくそうだ』

「つまりポレールは大きく傾斜したか転倒して、回復できない状態にあると考えていいですか」

『おそらくは。現在、夜側にある天文台が月の北極に望遠鏡を向けている。もし大きな爆発があれば、そのガスが地球から見える高さまで立ち昇るはずだ。だがそれは観測されていない。まだ希望は持てる』

「わかりました。こちらも北極上空にさしかかったら着陸地点を観察します。視界を確保するために船外に出たいんですが、許可いただけますか？」

『許可しよう。できるだけ詳しく観察してくれ』

　爆発が起きなかったからといって、二人が生きている保証はなかった。

　二人が生きているからといって、生還できる保証はなかった。

着陸地点の観察に成功したからといって、二人を助けられるとは限らなかった。最接近時でわずか百キロ。世界中の誰よりも近くにいるのに、軌道上からできることはあまりに限られている。

やれることをやるしかない。自分たちにやれることを、もれなく完璧にやりとげる――ただそれだけを考えるのだ。

通信途絶の直後から、茜は自分の心の一部を遮断していた。

〈あのとき、この四人で月に行こうと訴えたのは自分だ〉――ひとたびその言葉が意識の中に放たれれば、たちまち自分の理性は食い荒らされてしまうだろう。心の中の獣はいまも戸外をとりまき、扉を破ろうと唸《うな》り声をあげている。

不利な闘いだった。脇目もふらず、全力で走り続けるしかなかった。

あれから一時間四十分が経過した。ポアソンは月を一周し、ふたたび北極に接近している。茜は船内気圧をあらためた。

「キャビンプレッシャー、ゼロ。マツリ、出るよ」

「ほい」

二人は船外に出た。船殻《せんこく》の固定具に足を差し込み、月面に向きあって直立する。

茜は双眼鏡を携《たずさ》えていた。フェイスプレート越しに使えるハイ・アイポイント仕様のもので、倍率は十倍。視力のいいマツリは、裸眼で広い範囲を観察する。

「目標直上まで、あと四分」

『ほい』

　茜は双眼鏡の焦点調節を忘れていたことに気づいた。左右で異なる視力にあわせて、双眼鏡のほうも別々に調節しないといけないのだ。

『茜、地球が昇ってきたよ』

「待って」

　いまそれどころじゃない。茜は慣れないドイツ製の双眼鏡の操作にかかりきりだった。

　調整を終えると、もう北極の暗黒領域は目の前に迫っていた。

　それは複雑な輪郭をしていた。大きさの異なる黒い円盤をずらして重ねたような感じだ。直線距離は三百キロくらいか。この距離で何がわかるだろう？　だが真空と暗黒が大きな味方になる。地球上でさえ、条件が良ければ千キロ離れた人工衛星が肉眼で見えるのだ。

「マツリ、着陸地点わかる？　地球寄りの、いちばん大きな弧の中央寄りだから」

『ほい、了解』

「しっかり見て。これ逃したら、次は二時間先だから」

　茜は双眼鏡を構え、懸命に目をこらした。脇をしめて手の震えをおさえる。

　その光が飛び込んできたとき、茜は心臓がとびあがりそうになった。

「点滅――ストロボ信号灯だ！　二人は生きてるんだ！」

『ほんとだね！』

「ポアソンよりジュピター2、月面にストロボ信号灯を確認、周期およそ〇・五秒」

『いいぞ、観察を続けてくれ！』

『茜、もうひとつ光があるよ。少し離れてるね』

「えっ、どこ？」

『ストロボよりずっと地球寄りだよ。黄色い光だね。点滅してない』

「見えない。どこ……？」

茜は焦った。着陸地点はもう直下をすぎて、後方に去ろうとしている。

「……あっ、これか！」

ストロボよりずっと暗い、ほのかな光だった。すぐそばにクレーターの縁があり、その明るさに負けてひどく見にくい。

直線距離は百キロと少しだが——気のせいだろうか、それはちらちらと揺れて見える。

「マツリ、あれ、揺れてない？」

『ゆかりだよ。ゆかりがライトを持っている。——ゆかり、ゆかり』

「だめ、この距離じゃ無線は届かないわ！」

『大丈夫、聞こえるよ』

マツリはそう言って、穏やかな声で繰り返した。

『ゆかり、こっちを向いて。近くにいるよ、ゆかり。ゆかり——』

ACT・5

「ホップ……ステップ……ジャーンプ！」

外輪山への踏破に挑んでまもなく、氷原を普通に歩くのでは、とうてい間に合わないことがわかった。そこで二人は苦心のすえ、別の方法をあみ出した。

互いの肩を抱き、二人三脚の体勢でカンガルー跳びをする。最初は転んでばかりいたが、スピードが乗ってくると一回の跳躍で六〜七メートルも進む。

一時間ほどで氷原が途切れ、外輪山の裾野にさしかかった。

地面には細かい塵が積もっており、ところどころに岩や石もあった。

また転倒が多くなってきた。ジャンプの時に二人の力が揃わないと、空中で姿勢が乱れて、なすすべもなく転倒する。しかし残り時間を考えると、カンガルー跳びをしないわけにはいかなかった。

『ああっ、ごめんなさい！』

ソランジュが空中で詫びた。片脚を酷使しているために、思うように力が入らない。

二人は空中でバランスを崩し、横倒しに着地した。もつれあうように転がる。ここでは地球上の六倍も大きくジャンプできるが、転倒すれば相応の衝撃がある。岩壁に体当たりして止まり、ゆかりは一瞬意識を失った。

『ゆかり、大丈夫⁉　ゆかり！』

「あ、ああ……平気平気。ぜんぜん平気」

言葉とは裏腹に、全身が痛んだ。生地《きじ》の薄いスキンタイト宇宙服で何度も月面を転がるのはきつい。宇宙服はレゴリスとよばれる月の塵にまみれていた。したたかに打った肘を調べると、生地の表面が傷だらけになっていた。

「ちょっと待って。こすった。パッチ当てるから」

月面に片膝をつき、補修キットを開く。丸いパッチをとりだして接着する。

ソランジュは身を屈めてこちらを覗き込んでいた。

『私が、両脚使えればいいんだけど』

「いいって。ちょっと休もっか」

『ええ』

動きをとめたせいだろうか、全身に鉛のような疲労を感じた。低重力下とはいえ、全力でジャンプを繰り返していることにはかわりない。

ソランジュは岩にもたれていた。少し身を屈め、骨折したほうの脚に、探るように手をあてがっている。

「そっちは痛む？」

『ううん』

「痛くない？」

『もう感覚なくなってるから』

自分の脚に電気が走ったような気がした。自分の苦痛は我慢するだけだが、仲間のそれは、こらえようがない。野蛮に思えたタリホ族のしきたりが、理にかなっているように思えてくる。

ゆかりは顔をそむけ、行く手を見た。ただ荒れ地が続いていた。

来た道を振り返ると、ストロボの光はもう地平線の下に隠れていた。

どこを見ても真っ暗で、ライトの届く範囲しか見えない。光を消せば星明かりでほのかに地表が見えるはずだが、いまはできなかった。闇に呑み込まれそうな気がした。

『八、九キロは来たと思う』

「だいぶ来たかな」

「あのさ……」

『うん？』

もう、やめようか——

ゆかりはそう言いかけた。

実は座り込んで泣きたい気分だった。

泣きながら眠ってしまえば、暖かい光の満ちた部屋で目がさめて、もう安心なんだとわかる。そう信じかけていた。

「……え？」

誰かに呼ばれたような気がしたのは、その時だった。

ゆかりは呼び声のしたほうを見上げた。

そこに輝く光点があった。

「なにか飛んでる」

『えっ？』

「ほら、あそこ！　ポアソンだ！」

ゆかりはライトを持った手で指した。光はもう頭上を通過し、前方の稜線に隠れようとしている。

『貸して！』

ソランジュがビームライトをひったくった。スイッチをシグナルモードにして、光を点滅させた。

「ソランジュ、それって——」

「お願い、読んで!」


このとき起きたことを、茜は一生忘れないだろう。

双眼鏡の視野の中で、光が急に明るさを増したのだ。

光はひととき消え、また点いた。それから不規則な点滅が続いた。

「モールス信号だわ! ツー、トン、トン……トン、トン、トン……」

サバイバル訓練のマニュアルにあったモールス信号表を、茜は忠実に暗記していた。

「D、S、N……またD……DSNって繰り返してる!」

その意味を茜はただちに理解した。

「ジュピター2、月面から光信号で要請、ディープスペース・ネットワークを使ってください。周波数は宇宙服の無線機に。いまはまだ無理、でも二人は——歩いてクレーターの縁に登るつもりです!」

言いながら茜は大急ぎでキャビンにとびこんだ。

船外照明灯のスイッチを、歯切れよくオン・オフさせる。

ツー、ツー、ツー……ツー、トン、ツー。

なにか励みになることを伝えたかったが、その二文字しか出てこなかった。

いまはこれだけ。

どうか思いが二人に伝わりますように。茜はそう祈った。

ポアソンに新たな光が加わった。作業灯だろうか。光が明滅し、長短の信号を返してくる。直後、ポアソンは稜線に消えた。

「なに、いまの返事？　なんて答えたの⁉」

『〝OK〟。それだけ返してきた』

「OKならオッケーじゃん！　ディープスペース・ネットでワッチしてくれるんだ！」

『まちがいないわ』

「やりっ！」

『でもよく気がついたわね』

そう言ってソランジュはライトを返した。

「マツリだよきっと。あいつは野生の視力持ってるから」

『そうじゃなくて、あなたが。ポアソンが二時間ごとに上空を通ること、すっかり忘れてたわ』

「ああ、それか」

呼んだのはマツリ。答えたのは茜。そうにちがいない。

また、二人に助けられてしまった。

しっかりしなきゃ。

ゆかりは心の霧が晴れた気がした。

自分がリーダーなんだ。骨折したソランジュを、地球の見えるところまで、自分が連れていくんだ。そう心に決めて出発したんだ。

「ようし、頂上はもうすぐそこだ。もうひとっ跳《ぱ》ねすれば、第一目標達成だね！」

『ええ』

ソランジュも声を弾ませた。汗ばんだ額に、前髪が貼りついている。

「もちょっとの辛抱だからね。地球に帰ったら、いい思い出になるよ」

『ありがとう、ゆかり』

私たち、いつからこんな仲になったんだろ？

一人でないことが、これほどかけがえなく思えたのは初めてだった。

ソランジュはお荷物だった。だがその荷物がなければ、とうにくじけていただろう。

「……一人じゃリーダーできないもんな」

『え？』

「なんでもない。行くよ！　三、二、一、ホップ！」

二人はまた肩を組み、前進を再開した。

この先はどうやら段丘地形らしい。段々畑のような斜面を登っているのだが、低重力のせいか傾斜は感じられず、波打つ平地のようだった。

波のひとつを跳び越えたとき、ゴールラインは唐突に現れた。

光と影のおりなす地平に浮かび上がった、燦然《さんぜん》と輝く青い球体。

二人は同時に母国語で叫んだ。

『La terre！』

「地球だ！」

そして三秒後、思わぬ声に二人は驚愕する。

『待ってたよ、ソランジュ！　ゆかり！』

『イカす展開だよね。最高！』

イヴェットとアンヌだった。

続いてポアソンから、茜とマツリの声。

『光を見たときはもう……なんて言っていいか』

『声を聞いたね、ゆかり。月の精霊は邪魔しなかった。もう大丈夫だよ』

それから管制官にマイクが戻った。

『二人ともよくやった。君たちは本当に素晴らしい。さあ状況を聞かせてくれ。こちらに対策チームがスタンバイしている。必ず打つ手があるはずだ』

『その前に――最初に知らせたいことがあるの。記録してちょうだい』

ソランジュは言った。

『ここは月世界最大のスケートリンクだった。氷の純度はかなり高くて、凍土というよりは黒水晶のように透き通っている。私たちはその氷原を歩いてきた。外輪山の斜面が始まるまで氷原は途切れなかった。その氷はドライアイスじゃなくて、水が凍ったものにちがいない。いちど融けたものが、宇宙服の表面で六角形に結晶したのを確かめたから。まだボーリング調査はしていないけど、ハンマーで着陸点付近の月面を叩いたところ、少なくとも表面から五センチは氷の塊だった。サンプルをそちらに届けられるといいんだけど――いま伝えられるのはこれだけ』

ひと息に報告して、ソランジュは少し咳き込んだ。

荒い息遣いがマイクから伝わってくる。

それからソランジュは、着陸機のありさまを詳細に伝えた。

管制官は着陸機システム主任と交替して、さらに質疑応答が続いた。

ゆかりは時計を見た。月に降りてから二時間五十分。

ここまでの移動に一時間半かかった。

生命維持の限界まで、あと三時間十分。

着陸地点に戻るのに一時間半かかるとすると、残りは一時間四十分。

たった百分で、なにができるというのだろう……。

地球とのやりとりの頻度はしだいに低下し、やがて沈黙が支配的になった。

燃料も電力もある。折れた着陸脚は修復できる。無線交信は地球が見える高度まで上昇すればDSN経由で可能になる。

だが、エンジンの片方は、どう考えても修復不可能だった。

『離陸時の質量は七百五十キロだ。月面での重量は百二十七キロになる。正常な場合、エンジンの推力は二百三十キロだから、倍近い推力で上昇できるわけだ』

着陸機システム主任は、淡々と説明した。

『エンジンのひとつが失われると、重量百二十七キロに対して推力は百十五キロになる』

十二キロ足りない。それくらいなら、なんとか減量できるんじゃ、とゆかりは思う。

『よけいなものは捨てよう。氷のサンプルも記念品も壊れた無線機もアンテナも、それから君たちの携帯している道具類もすべて捨てたとしよう。これでも月面上で百十七キロになる』

あと二キロ。

『いや、推力が自重を上回ることは本質的な問題じゃないんだ。燃料の重量は五十六キロある。噴射を始めたら燃料を消費したぶん軽くなって、ポレールはやがて月面を離れるだろう。だが、月に居座っている間のロスがある。決定的なのは月面を離れてからも、自分を浮かせるために無駄に下方に噴射することだ。このあたりのことはわかるね？ ポアソンとランデヴーするには、上昇するだけじゃなく、水平方向に秒速一・七キロまで加速しなきゃいけない。ただ空中に浮かんでいるだけでは、ポアソンと秒速一・七キロで激突することになるからね』

結局、先にソランジュが説明したとおりだった。推力が半減したために重力損失に負けてしまう。

『わかりました、主任』

ソランジュは静かに答えた。

『私も同じ結論を持っていました。それが月における〝冷たい方程式〟でしょう。ほかに解はありません』

冷たい方程式——それは古いSF小説のタイトルだが、宇宙飛行につきまとう掟《おきて》をよく表している。単純な物理法則が飛行士の生死を何時間、ときには何日も前に決定してしまうのだ。

『まだ時間はある。抜け道がないか、できるだけの検討はする』

『感謝します』

「茜、すごい顔だね。どこか痛む？」

「邪魔しないで！」

茜の剣幕に、マツリは目を丸くした。

あれから――月軌道を周回しながら、茜は目を固く閉じ、小さな頭をフル回転させて、この方程式と取り組んでいた。

地球上から軌道への飛行は、方程式としては〝汚い〟問題だ。重力や大気、自転速度など、いろいろな要因がからんでくる。

月には大気がない。自転も無視できるから、方程式はかなりクリーンになる。

だが方程式は、単純になるほど抜け道を探すのが難しくなる。

茜は発想を切り替えた。

なにか新しい要素を加えて、方程式を〝汚す〟んだ。

たとえば――あの氷は？

水を電気分解すれば燃料が造れる。だがそんな装置はないし、そもそも燃料は不足しているわけじゃない。足りないのは推力だ。

いや、推力が足りないことが問題なんじゃない。

運動量を蓄積できないことが問題なんだ……。

ACT・6

ゆかりとソランジュは、地球を見通す丘の頂《いただき》にならんで腰をおろし、まるで恋人どうしのようにヘルメットを接していた。

無線機は受信オンリーにしてある。ヘルメットを接して声をじかに伝えれば、地球に会話を聞かれずにすむ。

両親と会話するのは、最後の一時間まで待つことになっていた。気丈な二人だが、親と話せば動揺するだろう。帰還の望みがあるうちは、冷静でありたい。

ゆかりも家族の話題は避けた。

「ソランジュ、ここが宇宙への懸け橋になるって言ってたけどさ」

「ああ」

「なんでそういうこと思うわけ？」

「なんでって……」

「なんてゆーか、そういうこと普通考えないよね」

「そうかしら」

「大統領か何かみたいじゃん。人類の未来のために、なんてさ」

「リセエンヌが考えちゃいけない？」

「そうじゃないけど」

アポロ計画の頃、ゆかりはまだ生まれてなかった。月に行きたいなんて考えたこともない。ましてそれに使命感を持つなんて想像を絶する。

理科少女の茜が月にあこがれるのは、まだわかる気がしたのだが。

「NASAのクレメンタイン探査機のニュースは聞かなかったの？」

ソランジュが尋ねた。

「記憶にないけど」

「月に水があるかもしれないって、大騒ぎしてたわ。それで、どうしてそんなに騒ぐのかって、学校の図書館でいろいろ調べたりした」

「ふうん」

「結局、理科の先生の言ったことが、私の人生を決めた。『それは神が用意してくださったのだ』ってね。地球から目と鼻の先に月がある。そこにはあらゆる資源が揃っていて、邪魔な大気も強い重力もない――さっき話したわね？」

月に拠点を作れば、火星への道筋が開ける。

火星から木星へ。

木星から土星へ。

土星からカイパーベルトの彗星群へ。

そしてよその恒星へ。

「神はそんな階梯を用意していたんだ――先生はそう言った。太陽系は決してでたらめに生まれたんじゃない、神の御業《みわざ》そのものなんだって。理科の先生にしちゃ信心深いんだなって思ったけど、私にはそれがとても素敵なことに思えた。天界にそんな道筋があって、私たちが門をくぐるのを待っているなんて」

「ふうん……」

結局ソランジュは、ただひたすらまじめに月に行きたかった。それだけなのだ。性格が高慢なのではない。目標が高邁《こうまい》なだけだった。

「そゆこと、最初に聞いとけばよかったな」

「出会いがあれじゃね」

ソランジュはくすりと笑う。ゆかりも笑った。

それから話すのをやめて、地球を眺めることにした。

月の地平に南極海を接した地球は、本当に大きく見えた。見かけの直径は地球から見た満月の四倍だが、もっと大きく感じる。

それぞれが母国を探したが、海と雲しか見えなかった。

別の会話がヘルメットに流れ込んだのは、それからまもなくのこと。

『ポアソンより対策チーム、あの、いいですか？』

茜だった。着陸機システム主任が応じる。

『なんだね』

『ランデヴー高度については検討されたでしょうか。予定では高度百キロでしたが、月に大気はありません。山に衝突しない限り、ポアソンを地表すれすれまで降ろすことができますよね』

『もちろん検討したよ。残念ながら、それでも水平速度が足りないんだ。秒速二百五十メートルもね』

『それじゃ、もう一点、いいですか？』

『なんでも指摘してくれ』

『ポレールを水平発進させることは考えられたでしょうか？』

ゆかりとソランジュは、顔を見合わせた。

主任の返答には三秒以上の間があった。

『……水平発進、かね？』

『そうです。ソランジュさんの報告では、そこはスケートリンクのようなんですよね。ポレールを横倒しにしたまま、橇《そり》のように発進させたら？　低重力だから摩擦はごくわずかでしょう。自分を浮かせる必要がありませんから、これなら弱い推力でも運動量を蓄積していけます。速度が上がれば自重も小さくなる。極端なことを言えば、月では高度ゼロでも軌道飛行できるんですから』

『いやいや、待ってくれ。それはあまりに無茶だ。クレーターの端には外輪山がある。途中だってどんな障害物があるかわからん。とても不可能だよ』

『3Dマップで確認しました。着陸地点から地球に向かって滑走します。これはゆかりたちが歩いてきた道と同じで、九キロの滑走路が確保できます。いまゆかりたちがいる外輪山の高度は百五十メートル。そこを越えたら、しばらく高い山はありません。氷原を滑走して速度をかせいで、外輪山の手前で機体を立てて下方に噴射する。山を越えたら姿勢を水平近くまで戻して、また速度をかせぐ。ポアソンも高度二百メートルまで降下してランデヴーにかかります』

『ポアソンをそんな低空に降ろすのは危険すぎる。月の重心は偏《かたよ》っているし、あちこちに重力異常があるから軌道は不安定だ。君たちまで遭難の危険にさらすことなど、とても許可できないよ』

『私たちは全員で帰ることしか考えていません』

茜はあらゆる反駁《はんばく》を拒むように、きっぱり言い切った。

『ゆかりとソランジュにも言っておきます――聞いてるでしょう？　重量軽減のためにどちらかが残るなんて考えは持たないこと。そんなことは検討する価値もない。いいですか主任、私がお願いしたいのはメカニズムと物理学の問題だけです。私の概算ではぎりぎりで二人を回収できます。ただの思いつきじゃありません』

『だが……そんな飛行じゃ誤差が大きすぎる。確かなことはなにも言えないよ』

『すべてうまくいったと仮定してください。燃料がつきたら、ゆかりとソランジュはポレールを離れて宇宙遊泳します。こちらもマツリが船外に出て迎えにいきます。ありったけの命綱をつないで、速度と位置の誤差を吸収します』

着陸機システム主任は、ぐうう、と奇妙なうなり声を発した。六〇年代、ディアマン・ロケットの時代から宇宙工学に取り組んできたが、この歳になって日本の少女に月軌道からやりこめられるとは思わなかった。

自信を喪失した声で、彼はなけなしの反論を試みた。

『簡単に言うが、あれをロケット橇に改造するといってもなあ……』

間髪をいれず、アンヌが割り込んできた。

『ソランジュ、スーベニア・ボックスは調べてみたかい？』

『いいえ。あれは真空にさらせないもの』

『切手やメダルなんてくだらないものは降ろしといたよ。あそこにはあんたへのプレゼントが入ってるんだ』

『えっ？』

『前に言ってたろ。もしほんとに氷原があったら、スケートしてみたいって。あんたはめったに冗談言わないから、こっちは重く受け止めたわけ。だからスケート靴を入れといた』

『アンヌ、なんてことを！』

『車輪つきのインライン・スケート靴にしたよ。そこは凍土状態だって考えられてたし、純粋な氷だったとしても温度が低すぎてエッジと氷のあいだに水の膜ができないよね。だから車輪のほうがいいんだ』

『あなたって娘は……』

『低温に耐える素材で特注したし、重量にも楽に耐えるはずだよ。百キロちょっとだろ？どこの広場だってそんな太っちょが平気で滑ってるよね』

　アンヌは立て板に水を流すように続けた。

『三秒のロスが惜しいから、おじさん連中の説得はあたしらがやるよ。すぐに手順書作らせるから待ってて。茜たちは二人の空中回収に使えそうなもんをありったけ用意しといて。じゃあね！』

　普段はのんべんだらりと働いているフランス人たちも、ここぞという時には瞬発力を発揮するらしい。二十分後にポレールをロケット橇に改造するための手順が伝えられた。

続いて飛行手順が説明された。ペガサス座ベータ星を目標に発進し、可能な限り長く水平滑走する。機体を引き起こす地点には、ストロボ信号灯を置いておく。

『姿勢表示器が生きているかどうか調べてこなかったわ。それなしで仰角《ぎょうかく》を知る方法はない？』

『待ってくれ、いまシミュレーターで星座を確認してる……なんだって？……オーケイ、ケフェウス座ガンマ星に機軸を向けてくれ』

『ケフェウス座ガンマ星、了解』

ゆかりとソランジュは、続々と送られてくる情報をメモしていった。この丘を降りたら、もう誰とも連絡できなくなる。いまのうちにあらゆる問題を検討しておかないと取り返しがつかなくなる。

だが、いつまでも粘っているわけにもいかなかった。生命維持の限界まであと二時間と十分しかない。

二人は決意して立ち上がり、地球に背を向けた。互いの肩を抱き、号令をかける。

「行くよ、ソランジュ」

『ええ』

「三、二、一、ホップ！」

ACT・7

帰りは下り坂だから楽だよ、などと言ったものだが、氷原に向かう斜面はやはり平地にしか感じられなかった。

往路と違うのは、二人の疲労が増していることだった。

休憩の頻度がしだいに高くなっている。それは休憩というより、足がもつれて転倒し、そのままじっとしているだけのことだった。

塵に覆われた裾野から氷原に入ったところで、二人はまた転倒した。

ソランジュはなかなか立とうとしない。

フェイスプレート越しに見る顔は汗まみれだった。ソランジュは喘《あえ》ぎながら言った。

『ゆかり、相談があるんだけど……』

「先に行けって話ならお断りよ」

ゆかりは機先を制して言った。

「メモった手順は二人の体重込みで計算してあるんだから、あんたが乗ってくんなきゃ困るわけ。いやだって言っても引っ張ってくからね」

『そうだったわね……』

ゆかりに支えられながら、ソランジュは体を起こした。

二人はカンガルー跳びを再開した。

ストロボ信号灯が再び地平線上に現れると、気力がよみがえった。

あれは目の高さに置いたから、地平線までの距離の倍だ。

あとたったの四キロじゃないか。こちらは一歩で六メートルだぞ！

ポレールにたどり着くと、二人は工具を取り出して解体作業にとりかかった。

作業時間は三十分しかない。そのタイミングを逃したら、たとえ発進してもポアソンがそこにいない。

着陸脚は二基を残して取り外す。残った脚は転倒を防ぐ橇として残す。貨物ラックの荷物は片っ端から捨てる。

大半の重量を受け止めるインライン・スケート靴は、自転車の車輪のようにタンデムに並べてくくりつけた。

損傷したエンジンは根元から外して捨てる。

心配なのは姿勢制御系統だった。本来なら慣性誘導装置が噴射ノズルの向きを制御してくれるが、横倒しに発進することなど想定されていない。そのまま使えば、誘導装置は機体を立て直そうと必死になるだろう。機械が人間の意志に反抗しないよう、制御を切り離す必要がある。

着陸機システム主任は、制御システムを「ジンバル・テストモード」と「RCSテストモード」だけで使うよう指示した。前者は操縦桿の動きがそのまま噴射ノズルの首振りに反映される。後者は機体を回転させるためのバーニア噴射をじかにオン／オフする。ほとんど究極の手動操縦だった。

もうひとつの心配は、燃料がエンジンに正しく送られるかどうかだった。燃料はヘリウムガスの圧力でタンクから押し出されるのだが、横倒しのままで正しく作動するかどうか。

「発進してしまえばGが加わるから大丈夫なんだが、点火直後にエンジンが咳き込む可能性がある。残念だがこれは解決策が見つからない。エンジンの火が消えたら、点火ボタンを再度押してくれ。できることはそれしかない」――そう言われた。

それから二人は、機体の中心軸を貫くマストにまたがった。

座席は使えない。噴射ノズルの首振りだけで姿勢が変わらない場合、人体を動かして重心移動させるのだった。ソランジュはマストの根元寄りに馬乗りになり、手をのばして操縦桿をあやつる。ゆかりはソランジュの前にまたがった。元のシートから移したハーネスを手綱《たづな》のように握る。

「こりゃほんとに魔女のホウキだね」

『マッハ五で飛ぶホウキね』

時計を見る。発進まで三分十四秒。

すでに各部のウォームアップを始めているが、音もなければ表示もない。何がどう進行するのか、まったく神頼みだった。

ソランジュは急に言った。

『今からでも、氷をボーリングできないかしら』

「無理無理。時間もないし、余分な荷物は持てないよ」

『じゃ、国旗だけでも立てるわ』

「ち、ちょっと！」

どこにそんな余力があったのか、ソランジュはマストから飛び降りた。ゆかりも後を追った。氷上に放り出したケースから、丸めたフランスの三色旗を取り出す。

三脚をひろげ、横棒で支えられたケブラー繊維の旗をひろげる。

「日本のは？」

『そんなものないわ』

「ひっどーい！　日仏共同ミッションでしょ！」

『それはLEOまでの話』

「んじゃ、ここに書き込んじゃうかんね」

『ちょっと、フランス国旗《トリコロール》を汚さないで！』

ゆかりはかまわずボールペンの赤インクで三色旗の中央に日の丸を書き込んだ。
ソランジュは鼻を鳴らして、
『シンプルな国旗だこと』
「いいじゃん、永遠に日が昇らないとこに日の丸なんてさ」
『太陽だったの？　てっきり輪切りのサラミソーセージかと思ったわ』
憎まれ口はそこまでにして、二人はロケット橇に戻った。
二人の体を命綱で結ぶ。
一分前。前方に向けて最後の照明弾を発射する。
『ゆかり、カウントダウンお願い』
「了解……四十秒前。三十五……三十……二十五……」
身をよじって後ろをみると、ソランジュは上体を右舷側にのばして計器盤を見ていた。
『温度圧力ともに正常』
「しっかりつかまっててよ。十秒前……五、四、三、二」
『マーク——点火！』
ゆかりは競馬の騎手のように身を丸め、体をマストに密着させた。
がつん、と衝撃が走った。
ポレールは一メートルほど進んだ。そして止まった。

『再点火』

がつん――今度は止まらない。かすかだが、加速が持続している。

ポレールは滑走を開始した。

フラッドライトに照らされた月面は、すぐにぶれて見えなくなった。

みるみるうちに振動が高まってきた。平らに思えた氷原に、こんな凹凸があったとは。

モーターボートに乗っているようだった。波に乗り上げるように月面を離れては着地する。その間隔はしだいに長くなってゆく。

照明弾の光芒が後方に去ると、星座が見やすくなった。

「それてる。ちょい右」

機体がぐらりと傾き、空中に跳ね上がった。機体が回転しはじめる。

「やりすぎ！　ジンバルはセンターにして、ローテート！」

『わかってる！』

ポレールは横倒しのまま落下してゆく。

このまま接地したらボールのように転がってお陀《だ》仏《ぶつ》だ。

ソランジュは着地寸前に姿勢を立て直した。滑走を再開する。

地平線上にストロボ信号灯が現れた。

「ストロボ発見！　裾野まであと三キロ！」

『引き起こし開始』

前方のスケート靴が月面を離れた。機首は三十度くらい持ち上がった。

『仰角が足りない。ゆかり、立って！』

「おっし！」

ゆかりは手綱をにぎりしめ、両膝で力いっぱいマストを挟んだまま、上体を起こした。

重心が中心軸からずれたせいで、機首はさらに持ち上がった。

『戻って！』

「わっ！」

あたふたとマストにしがみつく。

前方には星しか見えない。

「ケ、ケフェウス座ってどこ!?」

『大丈夫、見えてる。そっちに向いてる』

ならいいが——月面はどこへ行った？

下方に目をこらすと、暗闇の中を動くものがあった。光を失いつつある照明弾に照らされて、あの段丘地形が音もなく後方に流れてゆく。高度は百メートルくらいか。

「すげー。飛んでる」

ソランジュは徐々に姿勢を水平に戻してゆく。

前方に外輪山が迫っていた。稜線が日照をあびて白く輝いてみえる。

それは——自分たちより高く見えた。

「ちょっと！　高度足りないよ！」

『すれすれに越えないと、あとで水平速度が足りなくなる』

「だけど、このままじゃぶつかるよ！」

暗い壁が、恐ろしい速度で接近してくる。

ゆかりは理性を失った。

「わーっ、ぶつかるぶつかるぶつかるぶつかるぶつかるーっ!!」

直後、白い閃光が視覚を占領した。

「…………？」

固く閉じたまぶたをこじ開ける。

世界は一変していた。

光と影の奔流。月の表側に出たのだった。暗い口を開けたクレーターが、めざましい速度で突進してきては眼下を飛び去ってゆく。静止しているのは地平線上の地球だけだ。

こんな視覚体験はビデオゲームの中でしか知らなかった。むきだしの体で、山岳地帯の超低空をマッハ四で飛行しているのだ。

『……ソンよりポレール、ポアソンよりポレール、応答願います！』

茜の高い声がヘルメットに響いた。ソランジュが応じた。

『ポレールよりポアソン、こっちが見える？』

『見えます！　前方約三キロ。それ以上高度を落とさないで。もうすぐ追いつきます！』

振り返ると、燃焼ガスのむこうに明るい光点が浮かんでいた。

『針路、少し右へ――ほんの少し』

『了解』

『針路、少し右へ――ほんの少し』

『了解』

『え？』

『いまのはちがう！』

『え？』

『いまのはちがう！』

「なんだ、なにが起こった？」

『なんだ、なにが起こった？』

『ポアソンよりジュピター2、DSNの中継を止めてください。もう直接交信できます』

『ジュピター2了解』

『ポアソンよりジュピター2、DSNの中継を止めてください。もう直接交信できます』

『ジュピター2了解』

三秒遅れのDSN中継と、直接交信の音声が混じったのだった。

ふいにGが消失した。機体が前後に震え、すぐにしずまった。

『ポレール、燃焼終了』

『まだ速度が足りない！　ポレール、高度が落ちてる！』

茜が悲鳴のような声で叫んだ。

『前！　前！　前方に山！』

ひときわ高いクレーターが迫ってくる。

ゆかりは急いでマストから体を離すと、ソランジュの横に移動した。

「あたしに抱きついて。こいつ蹴飛ばすから」

『よ、よし――』

「いくよっ！」

ゆかりは両脚を縮め、渾身の力で燃料タンクを蹴った。

ポレールが下方に退いてゆく。直後、閃光が走り、なにかが視野をワイプした。

後方を見ると、矢のように遠ざかってゆくクレーターの縁に、無数の輝く破片が舞っていた。

その上方に接近するポアソンの丸い船首が見えた。側面にマツリがしがみついている。

「マツリ、今の破片大丈夫⁉」

『平気だよ。ゆかりたち、高さが足りない。もっと上昇して』

「わかった」

ゆかりとソランジュはジェット・ガンを出して噴射する。だが、効果は小さかった。二人はいまだ軌道速度に達しておらず、すでに放物線の頂点をすぎていた。

ジェット・ガンのガスはすぐに尽きた。もうどうしようもない。

『茜、もっと下だよ、もっと下』

マツリが茜に指示する。

『でも速度が――』

『大丈夫、マツリがかっさらうよ』

ポアソンのバーニア噴射が閃いた。軌道力学を無視して減速しながら突っ込んでくる。それは降下というより墜落だった。

マツリは船体を蹴って空中に泳ぎ出した。ヘビのようにうねる命綱をしたがえながら、ぐんぐん接近してくる。

その命綱が伸びきった。マツリはこちらに向かって両手を振り回した。

『ほーい！　ゆかりたち、もっと上へ！』

水平距離は百メートルもない。このままではマツリは数メートル上を追い越してしまう。

「ソランジュ、手はなして」

『何をする気？』

「いいから！」

ゆかりはソランジュの下方にまわりこみ、相手の腹を力まかせに蹴った。

上方に遠ざかってゆくソランジュの目が見開かれた。

「ゆかり、なんてことを——」

言いおわる前に何かがソランジュの体に衝突した。

それは相対速度、秒速十五メートルで飛んできたマツリだった。瞬間、マツリはソランジュのヘルメットにヘッドロックをかけ、両脚で胴体を締めつけていた。

直後、ゆかりの体も猛烈に引かれた。ソランジュは忘れていたらしいが——二人は命綱で互いを結んでいたのだ。

『ほい、ソランジュをキャッチしたよ！　茜、上昇して。このままではあぶないよ』

『そのまえに船まで戻って。噴射で焼いちゃうから！　急いで！』

ポアソンの二十メートル下方にマツリとソランジュ、その八メートル下にゆかりがぶらさがった格好だった。

キャッチの瞬間、張ったロープが戻る勢いでマツリとソランジュは船体に引き寄せられたが、直後、ゆかりとソランジュを結ぶ命綱が張ったのでキャンセルされた。最大の運動量をもらったゆかりが真っ先に船に戻り、マツリとソランジュを引き寄せた。

三人が船内になだれ込むと、茜はただちにメインエンジンを全開噴射した。

三人の体はぼたぼたと後部隔壁に落下した。

ポアソンはアペニン山脈上空を高度差二十メートルで通過して、周回軌道に舞い戻った。


『……ピター2よりポアソン、応答せよ。ポアソン、聞こえるか。ポアソン応答せよ』

管制官の悲痛な声がもう二十回ほど反復している。

だが四人は、いまにも破れそうな心臓をなだめるのが精一杯だった。

やがてソランジュが計器盤に手をのばし、声を電波に乗せた。

『船長ソランジュ・アルヌールよりジュピター2。……なんだかよくわからないが、気がついたら船に戻っていた。いまは四人いっしょだ。そばに茜とマツリと――』

ソランジュはこちらを見た。

『ゆかりがいる。ポアソンは安全に月軌道を周回している』

三秒後――地球から返ってきたのは、割れるような歓声だった。

ACT・8

「あの、余裕がなければ、いいんですけど……」

南極をまわったあたりからそわそわしていた茜は、月の裏側、赤道近くにあるコロリョフ・クレーターの上空で、ついに切り出した。

「ずっと余裕がなくて、チャンスを逃してたんです。この次の、オービット7ではもう周回軌道を離脱しなきゃいけないから……できれば外で見られたらいいな……とか」

ソランジュはにっこり笑って許可した。

「素敵な思いつきだわ。みんなで出ましょう」

ソランジュとゆかりはエア・カートリッジを交換し、全員で船外に出た。

茜が足を固定して船殻に立つと、その首根っこにマツリが抱きついた。

ゆかりは低利得アンテナのマストにつかまり、ソランジュも反対側に立った。

「あたしらは、嫌っていうほど見たけどね」

『何度見てもいいものよ』

そのとおりだった。

月の地平の一点に青い光が爆発し、たちまち巨大な球体に膨れあがる。

ヘルメットに流れ込む茜の感嘆の声を、ゆかりはそのまま自分の心に重ねていた。

あそこに帰れるんだ。

あの水と風の世界に。

着水したら、裸になって思いっきり泳いでやろう。

港についたら、ピザとアイスクリームと蝦《えび》シュウマイを腹一杯食べてやろう。

『見て見て、まだ光ってるよ』

マツリが下界を指差した。

暗闇のなかで、二つのストロボ信号灯が、いまも点滅を繰り返していた。

ひとつは着陸地点に、もうひとつは氷原のほとりに。

その二点を結び、白く輝くクレーターの縁までのばすと、それが二人の往復した道だった。

「すごいな。あんなに歩いたわけか。ていうか、跳んだんだよね」

『まっすぐに地球をめざしたのね』

いつかあそこに都市ができたら——

ゆかりは思いをめぐらせた。

そこに暮らす人たちも、ときどきクレーターの縁まで出かけるんだろうか。

望郷の念にかられて、地球を見るために。

オービット7——月を七周したところで、ポアソンは推進段に点火し、月周回軌道を離脱した。

ゆかりとソランジュの回収で燃料を浪費したため、帰還は最も経済的な軌道を選んだ。地球到着は半日ほど遅れるが別に支障はなく、三日後、早朝の南大西洋に着水する予定となった。

ソランジュは骨折の件を地球に報告して相手をひどく驚かせた。医師と相談した結果、地球に帰還するまで宇宙服から脚を抜くのは延期になった。

「その間、骨の回復は進行しないと思われるが、下手に癒着するよりはずっといい」

医師はそう言い、帰還後には問題なく回復することを請け合った。

ソランジュはゆかりに支えられ、上半身だけ脱いでスポンジで体をぬぐっていたが、そのとき目の前に漂ってきたものを見て悲鳴を上げた。

「しまった！　私としたことが、なんてことを――」

「どうしたの？」

「氷の標本よ。このウエストバッグに入れたきり、すっかり忘れてた。もう融けてるわね」

「えっ、氷、採取してたんですか!?」

茜が勢い込んでたずねた。

「ああ、やっぱり融けてる」

ソランジュは標本瓶を取り出して、茜に渡した。

黒ずんだ液体が、瓶の片側に張りついてぷよぷよと震えていた。

「へえええ……」

茜は私物入れから愛用のルーペを出して、しきりに観察し始めた。

「断熱容器に入れておけばよかったんだけど。氷の組織からいろいろわかったろうに」

「でも減ったわけじゃないし、水がどっさりあるってわかっただけでいいじゃん」

「それはね。でもあの水がいつどこから来たのか、まだまだ謎だらけだし」

茜は瓶を船内灯に透かして、一心に中を見つめている。

「茜先生は何か発見した？」

「何かしら、これ……」

茜はひどく興奮した面持《おもも》ちで言った。

「どれどれ」

ゆかりは瓶とルーペを奪って、自分で眺めてみた。

「何かしらって何が？」

「繊維みたいなものがあるでしょう？」

「ああ、このもじゃもじゃしたやつ？」

「その繊維のなかに、ふくらんだところがあって――」

「おー、あるある」

「そのふくらみが、動いてない?」

「………」

ゆかりは無言で観察し続けた。言われてみれば……透き通った、体長一ミリにも満たない何かが、もぞもぞと動いているような。

こんどはソランジュが瓶とルーペを取り上げた。

「ほんとだわ、なにか動いてる! こんな生物がいたわね。英語でなんて言ったかしら」

「日本語では〝クマムシ〟。熊みたいな形の虫だから。でもクマムシは体節が四つで肢も四対なんです。それは体節が五つで肢は二対でしょう?」

「確かにそうね。こんなプランクトンって地球にいたかしら?」

「調べてみないと。微生物はいろいろあるから。その繊維は珪藻《けいそう》みたいだし」

「それって、つまり、あれ?」

ゆかりが言った。

「瓶に最初からまぎれこんでたってこと?」

「まさか。厳重に滅菌処理までしてあるのよ。月でラップを破ったのを見たでしょう?」

「たしかに」

瓶とルーペがマツリに渡る。

「ほー。これは宇宙生物？」

こうしたことに無頓着なゆかりでさえはばかっていた言葉を、マツリはさらりと言った。

「専門家に見てもらわないとなんとも言えないわ、マツリ」

茜はあくまで慎重になろうとしている。

「大きな隕石が地球に落ちて、海水が月まで飛んできたのかもしれないし」

「でも月の水は彗星が運んできたというのが定説よ？」

「ほい、じゃあ彗星生物？」

「だからそう簡単には結論できないんだってば！　確かにそれは、彗星が生命を育《はぐく》んでるって説はあるけど……ああ、そうだったらすごいけど！」

茜は興奮を抑えかねていた。どうやらこれが茜のもっとも期待する説らしい。

クマムシは環境が悪化すると亀のように身を縮めて冬眠状態になる。その状態では驚くべき耐久力を発揮し、百度の熱湯で六時間、乾燥状態では何年も生き延びる。

「でも地球産だったとしてもさ、長いこと凍ってたのがまた生き返るなんてすごいじゃん。いつごろ月に来たんだろうね」

「かなり新しいと思うわ。あの氷原、ほとんどクレーターがなかったもの」

ソランジュは月面観察の訓練を受けており、クレーターの密度から地表の年代を推定することも観察事項のひとつだった。

「新しいって何年くらい？　百年とか？」

「五億年よりこっちかしら」

「ぜんぜん古いじゃん！」

「地質学的には新しいのよ。クレーターの大部分は三十億年くらい経ってるから」

「でも、それだって古生代ね。恐竜時代より古いわ」

と、茜。

「それもなんともいえないの。あの水は一度にたまったわけじゃないかもしれない。彗星が衝突して水蒸気が月を包む。それが地表に落ちて、北極と南極だけが揮発せずに残った。その蓄積があの氷原になったっていう説も有力だし」

それからソランジュは茜に言った。

「なんにせよ第一発見者はあなたなんだから、命名権があるわね。なんてつける？」

「えっ！　わあ、どうしよう！」

茜は真っ赤になった。

「ほい、茜が見つけたんだからアカネムシ」

「アカネムシ！　あはは、そりゃいい、最高！」

「待って、そんなの、ちょっと！」

「アカネムシ。悪くない響きだわ。決まりね」

それから宇宙食の袋をかたっぱしから破って、祝杯をあげた。チキンサラダ、オムレツ、ビーフシチュー、チーズ、ジャムトースト、レモネード、洋梨、苺、チョコレート。

腹がくちると、ゆかりはまた標本瓶を眺めた。

それが採取された暗い氷原のことを思い出す。

「こんなのがいるって知ってりゃ、あんな寂しい思いしなかったろうになあ……」

「寂しかったの？」

ソランジュが口をはさんだ。

「まあね。そばにいる生き物っていえば高慢ちきなフランス娘だけ。このまま凍りついて死ぬんだったら、あんまり寂しいよなって思ってた」

「そう？　それじゃ次に行く時は素敵な男性を連れていくことね」

ソランジュは初めてフランス娘らしいことを言った。それから、みずからの信念をつけ加えることも忘れなかった。

「あそこが、いつまでも二人きりになれる場所でいるとは思わないけど」

そうかもしれない。

観測窓のなかで小さくなってゆく月を見ながら、ゆかりは思った。

そう遠くないうちに、またあそこを訪れる気がする。

今度行くときは、食べ物も空気もどっさり持っていこう。

スキーとスケートとスノボーも持ち込んで、大勢で思いっきり遊んでやろう。
そして氷を融かしてお湯にして、温泉に入るんだ。宇宙旅行はこうでなきゃ！

あとがき

本書は一九九九年に富士見ファンタジア文庫から刊行された。私の小説の中では、女子キャラクターが最も多く登場する。日・仏・ソロモン諸島から八人の少女宇宙飛行士が集結し、月をめざす話だ。

読後の第一声として「フランスに恨みでもあるんですか？」と、よく聞かれる。

本書に登場するフランス人たちはやや怠惰で、自己中心的で、享楽的に描かれているが、特に含むところはない。仕込みのためにフランスの青春映画を五本ほど観たのだが、すべて十代の娘が妊娠して、友人からカンパを集め、国外で堕ろす話だったこともある。これはサンプルが偏っていたかもしれない。

それはそれとして、本書で描写した月探査およびクライマックスの脱出方法は、私としては会心の出来だ。低重力、真空、極の永久影といった月環境の特性がすべて生かされ、物理的に矛盾なく、すべて合理的に進行する。にもかかわらず、たいていの読者の想像を超えた展開になる。

残念ながら、その後の探査によって月の極地方に本書が描写するような氷原は存在しないことがわかった。これは「今ネタ」を使ったSFに宿命的なもので、私にはむしろそのことが誇りだ。宇宙科学やそのテクノロジーにしっかり向き合ってこそ陳腐化するのだし、そうなっても時代を切り取ったことで価値を残すと思うからだ。

月の両極に膨大な水資源が眠っているかもしれない、という説は一九六〇年代からあったのだが、アポロ計画の探査で「月は乾ききっている」とわかって下火になった。とはいえアポロの月探査はもっぱら低緯度地方で行われたから、極は未知の領域として残されていた。

一九九四年、NASAのクレメンタイン探査機が月周回軌道上からレーダー探査を行ない、極地にあるクレーターの永久影に水の氷が存在する可能性を示した。月の北極・南極は通年ほぼ真横からしか日照が当たらない。クレーターの外輪山に遮られた内部は、月の自転軸が変わらないかぎり、永久に日照が届かない場所がある。これを永久影という。

月にまとまった水資源があれば、素晴らしいことになる。人類の恒久的な生活拠点ができるし、ロケット燃料も作れる。だが、クレメンタインはレーダー探査をしただけで、直接証拠をつかんだわけではない。そこに人が行ったら、何を見つけ、どんな体験ができるだろう？——本書は当時のそんな空気のもとで書かれた。

クレメンタインの探査に牽引されて、以後数年おきに探査機が送り込まれ、極地を探査した。インドのチャンドラヤーン、日本のかぐや、アメリカのルナ・プロスペクター、ディープ・インパクト、ルナ・リコネサンス・オービター、中国の嫦娥《じょうが》、王兎《ぎょくと》。探査の方法はさまざまで、永久影の中に軟着陸して詳しく調べたものはない。結果もさまざまで、月の水を肯定するものと否定するものが出てきた。かぐやの地形探査では、少なくとも本書に登場するような巨大な氷原は存在しないことが確定した。

二〇一四年現在では、永久影の水の存在は依然不明で、期待感はやや薄れている。岩石と結びついた結晶水としてなら存在していそうだが、ざぶざぶ汲み出せるような量ではなさそうだ。

「高い塔を建ててみなければ、新しい地平線は見えない」という言葉がある。本書の設定をフィクションの座に追いやったかぐや探査機は、月に溶岩チューブが存在し、その一部が地上に露出していることを発見した。溶岩チューブは溶岩の流れた後に残ったトンネルで、月面のすぐ下を這っている。その天井が崩落して、月面に不気味な暗い口を開いた様子を、かぐやの高解像度カメラが捉えたのだった。

溶岩チューブは富士山の裾野にある風穴と同じものだ。私はＪＡＸＡの月探査グループの人たちに混ぜてもらって、風穴を巡検したことがある。湿った空気が淀んでいて、巨大な氷柱ができている場所もある。年間を通して低温が保たれているので、かつては繭玉や種子を保管するのに使われていた。

月の溶岩チューブも、水を閉じこめている可能性がある。彗星が月に衝突し、水蒸気が全面を覆うと、溶岩チューブにも流れ込む。日照のある場所では水は蒸発するが、溶岩チューブ内には氷の状態で蓄積されるというシナリオだ。常に昇華点を下回る温度環境では、水の氷は岩石に等しい。岩石ならば億単位の年月を生き延びるのが普通だ。

月の溶岩チューブは、軌道上からでは穴の直下しか観測できない。ぜひとも穴から内部に入り、そこにあるものを直接分析してみたいものだが、無人ローバーにこの仕事を任せるのは大変だ。通信を保つのも難しく、穴の縁に中継装置を置く必要があるだろう。

富士山の風穴は、車輪で行けそうな場所はごく少なかった。溶岩トンネルは三次元的に変化していて、匍匐姿勢にならないと通れない場所もある。

狭い場所で柔軟に動けるといえば、ロケットガールの出番であろう。本書のような思い切った軽量化をすれば、通信衛星を二回打ち上げる程度の費用で有人月面探査ができるはずだ。

月は魅力のない天体だから寄り道するな、という意見もある。だが、そこに未知が残され、行ってみたいと思う人が一人でもいるなら、その希望は叶えられるべきだ。近年の3Dプリンタをはじめとする技術革新は、宇宙飛行の費用が劇的に安くなり、国家予算に頼ることなく進められることを予期させている。SF作家の想像をも超えた、第二の大航海時代が、まもなく訪れるだろう。

二〇一四年三月　　　　野尻抱介

本書は一九九九年八月、二〇〇七年一月に富士見ファンタジア文庫より刊行された作品を、再文庫化したものです。

野尻抱介作品

フェイダーリンクの鯨
太陽化計画が進行するガス惑星。ロイドらはそのリング上で定住者のコロニーに遭遇する

アンクスの海賊
無数の彗星が飛び交うアンクス星系を訪れたミリガン運送の三人に、宇宙海賊の罠が迫る

タリファの子守歌
ミリガン運送が向かった辺境の惑星タリファには、マージの追憶を揺らす人物がいた……

アフナスの貴石
ロイドが失踪した！　途方に暮れるマージとメイに残された手がかりは〝生きた宝石〟？

ベクフットの虜
危険な業務が続くメイを両親が訪ねてくる!?しかも次の目的地は戒厳令下の惑星だった!!

ハヤカワ文庫

小川一水作品

第六大陸 1

二〇二五年、御鳥羽総建が受注したのは、工期十年、予算千五百億での月基地建設だった

第六大陸 2

国際条約の障壁、衛星軌道上の大事故により危機に瀕した計画の命運は……。二部作完結

復活の地 I

惑星帝国レンカを襲った巨大災害。絶望の中帝都復興を目指す青年官僚と王女だったが…

復活の地 II

復興院総裁セイオと摂政スミルの前に、植民地の叛乱と列強諸国の干渉がたちふさがる。

復活の地 III

迫りくる二次災害と国家転覆の大難に、セイオとスミルが下した決断とは？　全三巻完結

小川一水作品

老ヴォールの惑星

SFマガジン読者賞受賞の表題作、星雲賞受賞の「漂った男」など、全四篇収録の作品集

時砂の王

時間線を遡行し人類の殲滅を狙う謎の存在。撤退戦の末、男は三世紀の倭国に辿りつく。

フリーランチの時代

あっけなさすぎるファーストコンタクトから宇宙開発時代ニートの日常まで、全五篇収録

天涯の砦

大事故により真空を漂流するステーション。気密区画の生存者を待つ苛酷な運命とは？

青い星まで飛んでいけ

閉塞感を抱く少年少女の冒険から、人類の希望を受け継ぐ宇宙船の旅路まで、全六篇収録

星界の紋章／森岡浩之

星界の紋章Ⅰ―帝国の王女―

銀河を支配する種族アーヴの侵略がジントの運命を変えた。新世代スペースオペラ開幕！

星界の紋章Ⅱ―ささやかな戦い―

ジントはアーヴ帝国の王女ラフィールと出会う。それは少年と王女の冒険の始まりだった

星界の紋章Ⅲ―異郷への帰還―

不時着した惑星から王女を連れて脱出を図るジント。痛快スペースオペラ、堂々の完結！

星界の断章Ⅰ

ラフィール誕生にまつわる秘話、スポール幼少時の伝説など、星界の逸話12篇を収録。

星界の断章Ⅱ

本篇では語られざるアーヴの歴史の暗部に迫る、書き下ろし「墨守」を含む全12篇収録。

星界の戦旗／森岡浩之

星界の戦旗Ｉ―絆のかたち―

アーヴ帝国と〈人類統合体〉の激突は、宇宙規模の戦闘へ！『星界の紋章』の続篇開幕。

星界の戦旗Ⅱ―守るべきもの―

人類統合体を制圧せよ！　ラフィールはジントとともに、惑星ロブナスⅡに向かったが。

星界の戦旗Ⅲ―家族の食卓―

王女ラフィールと共に、生まれ故郷の惑星マーティンへ向かったジントの驚くべき冒険！

星界の戦旗Ⅳ―軋《きし》む時空―

軍へ復帰したラフィールとジント。ふたりが乗り組む襲撃艦が目指す、次なる戦場とは？

星界の戦旗Ⅴ―宿命の調べ―

戦闘は激化の一途をたどり、ラフィールたちに、過酷な運命を突きつける。第一部完結！

著者略歴　1961年三重県生，作家　著書『太陽の簒奪者』『沈黙のフライバイ』『ヴェイスの盲点』『ふわふわの泉』『南極点のピアピア動画』（以上早川書房刊）『ピニェルの振り子』他多数

HM=Hayakawa Mystery
SF=Science Fiction
JA=Japanese Author
NV=Novel
NF=Nonfiction
FT=Fantasy

ロケットガール3
私《わたし》と月《つき》につきあって

〈JA1155〉

二〇一四年四月十日　印刷
二〇一四年四月十五日　発行
（定価はカバーに表示してあります）

著　者　野《の》尻《じり》抱《ほう》介《すけ》
発行者　早川　浩
印刷者　西村文孝
発行所　株式会社　早川書房
郵便番号　一〇一-〇〇四六
東京都千代田区神田多町二ノ二
電話　〇三-三二五二-三一一一（大代表）
振替　〇〇一六〇-三-四七七九九
http://www.hayakawa-online.co.jp

乱丁・落丁本は小社制作部宛お送り下さい。
送料小社負担にてお取りかえいたします。

印刷・精文堂印刷株式会社　製本・株式会社フォーネット社

ISBN978-4-15-031155-1 C0193

本書は活字が大きく読みやすい〈トールサイズ〉です。